極・龍

CROSS NOVELS

日向唯稀
NOVEL: Yuki Hyuga

藤井咲耶
ILLUST: Sakuya Fujii

CROSS NOVELS

極龍

登場人物

真木洋平
まき ようへい

龍ヶ崎と結ばれ、姐となった男。元磐田組出身で、鬼塚を慕い命懸けで彼に仕えていた。今でも鬼塚を尊敬している。猪突猛進な質で、先走りすぎることもあるが憎めない性格。

【関連作】『極・婬』

龍ヶ崎義純
りゅうがさき よしずみ

関東連合四神会・龍仁会四代目組長。背には徳叉迦竜王。そして、ある処にも龍を持つ男。かつて鬼塚の舎弟だった真木を見初め、自身の嫁にした。普段は飄々としているがドS。

【関連作】『極・婬』

鬼塚賢吾
おにづか　けんご

磐田会磐田組三代目総長。厳しい面もあるが、基本は情に厚い男。嫁に出した真木を可愛く思っている。

【関連作】『極・嫁』『極・妻』『極・嬢』『極・姪』

佐原芳水
さはら　よしみ

元事務官で、現在は朱鷺組の姐。ヤクザよりもヤクザらしい、シリーズ最強の嫁。意外と世話焼き気質。

【関連作】『極・嫁』『極・妻』『極・嬢』『極・姪』

鬼塚一慶
おにづか　いっけい

賢吾の亡父・初代一慶の名を継ぎ、二代目一慶として刺青師となる。幻と言われる初代の技術を模索中。

【関連作】『極・嬢』

春日美奈子
かすが　みなこ

佐原の知人で特例判事補。〝霞ケ関の魔女〟の異名を持ち、親族は上級公務員だらけのサラブレッド。

【関連作】『極・嫁』

花房　侃
はなぶさ　たける

東京刑務所の看守。華奢で繊細でミステリアスな美貌の持ち主。龍ケ崎の龍と情交したことがあり。

CONTENTS

CROSS NOVELS

CONTENTS

極・龍
GOKURYU
CROSS NOVELS

プロローグ

都内を一望できるタワービルの最上階。贅《ぜい》の限りを尽くして造られたシティーホテルの貴賓室には、到着間もないＶＩＰゲストが案内されていた。

「お連れ様方はすでに到着されております。ご指示のとおり、お部屋にお通ししておきましたが」

「そうか。なら、すぐに話をするので、案内がすんだら下がっていいぞ」

真っ白なカンドゥーラを纏い、カフィーアを頭上から被るゲストの名は、アル・ガニー・ディヤー・ザイヌルアービディーン・バラカート。長身に幅の広い肩、日に焼けた浅黒い肌と彫りの深い顔立ち。そして、大きな黄土色の瞳に厚めの唇、鼻の下から顎にかけて黒々とした髭を携えた、南方コーカソイドの特徴が色濃く現れたアラブ系の男性だ。八名ほどの従者を同行させている。

側近と思われる執事が一人。世話役の若い娘が二人。その他は屈強な面構えと肉体を持つ黒スーツ姿のＳＰたちだが、いずれも国籍はアル・ガニーと同じようだ。皆アラブ系の顔立ちをしている。

「かしこまりました。それでは、これにて失礼いたします。何かご不明な点、ご不自由等ございましたら、ご遠慮なくフロントへご連絡くださいませ」

いつにも増して、ホテルマンが丁寧《ていねい》な会釈《えしゃく》をする。

アル・ガニーは、終始流暢《りゅうちょう》な日本語《にほん》で対話し、「ああ。ご苦労」と口にした。

その後はホテルマンが部下を連れ、リビングの入り口からエントランスフロアへ向かうのを視線のみで見送り、貴賓室から姿を消すのを待つ。

数十秒後には、出入り口の扉がパタンと閉まった。

静かに響いた音を耳にし、アル・ガニーは身を翻《ひるがえ》した。従者たちと共にリビングの入り口から奥へ移動していく。

「待たせたな。ナーフィウ大使」

広々としたリビングの奥には、先に到着していたスーツ姿の男が四人ほど待機していた。

「ご無沙汰しております。アル・ガニー殿下。この度は遠路はるばるお越しいただきまして、誠にありがとうございます」

大使と呼ばれたナーフィウと供の者が一歩前へ出る。長身だがやや恰幅のよい彼は、仕事柄日本に長く滞在し、デスクワーク中心なのか色白だ。アル・ガニーほど彫の深さも目立たず、髭も薄く、物腰も柔らかい。

アル・ガニーに向かって両手を合わせ、深々と頭を下げている。

四人のうち二人はアラブ系で、一歩下がった場所から会釈だけをした二人は日本人だ。

いずれもきちんとした身なりをしており、高級官僚を思わせる。

「前置きはいい。頼んだものはどうなった。見つかったのか？」

彼らを見るなり、アル・ガニーは幾分興奮気味に声を発した。

「はい。ご所望されました初代・鬼塚一慶《おにづかいっけい》の作品保有者。この者たちに調査を依頼いたしましたところ、とりあえず数名ではありますが、ピックアップすることができました」

同行してきた日本人たちを紹介しながら、ナーフィウは持参した角形2号の茶封筒をアル・ガニーに差し出した。

「―――ほう。これか」

アル・ガニーは、受け取った封筒をその場で開封。すぐに中身を取り出し、確認し始める。

「素晴らしい…。やはり、色が違う。個人の肌色に合わせて、調整しているのだろうか？　写真でこれだけの風情を見せるのだから、生で見たらどれほどの感動を寄こすことか。さすがは鬼才、天才と呼ばれた一慶の作。どれもこれも溜息が出そうだ」

一枚一枚を目にするたびに、込み上げてきた思いを口にした。

彼をこれほどまでに歓喜させ、高揚させた封筒の中身は写真だ。それもすべて刺青《いれずみ》を背負った男たちの後ろ姿を写したものだった。

「それで、この者たちは今どこに？　すでに捕らえているのだろう」

「申し訳ございません。急なお話でしたので、生憎《あいにく》そこまでは至りませんでした。今、保有者の所在を確認させておりますが、明らかになったところで、果たしてどこまでご期待に添えるかわからない状態です」

「それはどういうことだ？」

逸《はや》る心を挫《くじ》かれて、アル・ガニーの目つきが一変した。

意のままにならないことがよほど腹立たしいのか、ナーフィウに冷ややかな眼差しを向ける。

「はい。これに関しましては、アル・ガニー様のほうがお詳しいかとは思いますが、彫り師・初代一慶はすでに他界し、二十年近くが経っております。今は二代目一慶を名乗る者がおり、その者が手がけた彫り物であれば、インターネットなどで自ら公開している者が比較的多く見受けられます。しかしながら、初代作となるとそういうわけにもいきません。初代が手がけた相手のほとんどが、この国のならず者。今回こちらでリストアップできた者に関しましても、すべて前科のある者――。投獄された過去のある者たちばかりです」

ナーフィウはどうにか事情を理解してもらおうと必死だった。

しかし、アル・ガニーの目から怒りが消えることはない。

「ようは、この写真の者たちは日本のヤクザ。それも逮捕歴のある者ばかりということか」

「はい」

「なるほど。だが、それならば逆に、身元はすぐでも明らかになるではないか？　警察なり政府なりに手を回せばすむことだろう」

「それはそうなのですが、調べるまでもなく、すでに死亡している可能性が高い者がおります。また、これらは投獄時の記録として撮られたものを極秘に入手したものですので、実際はかなり年を取っている者もおります。そう考えますと、どこまでアル・ガニー様のご要望にお応えできるのか、私共にも判断がつかない状態で」

恐縮しつつも、事実を告げる。

ナーフィウの懸命な説明に、ようやくアル・ガニーも理解したのか、その目から怒気が薄れる。

「――――なるほど。まあ、死亡は致し方がない。年も…、な。どれほど見事な彫り物であっても、キャンバスとなっている人間そのものの老衰による劣化は、どうすることもできない。だが、だからこそ私はこの手で名画を救い、守りたいのだ。これほどの傑作がキャンバスの劣化と共に色褪せ、朽ち果てるのは耐え難いものがある。そうでなくとも一慶の死から二十年近くが経っている。遺作であったとしても、キャンバスとなっている者の年齢によっては、劣化が始まっているというのに」

しかし、事実を知れば知ったで、今度はアル・ガニーの眼差しは悲憤に満ち始めた。

人と共に生き、人と共に没する定めを持つ絵画に、心を強く撃ち砕かれているようだ。

「ああ、どうしてもっと早く知ることができなかったのか。長年日本の刺青に心惹かれるものを感じながら、なぜこれまで〝鬼塚一慶〟という彫り師の存在だけを知らずにいたのか。よりにもよって、二代目の存在から初代を知るなど――――。それが悔やまれてならない」

「さようでございますね」

ナーフィウは深々と頭を下げ、ただただアル・ガニーに同意する。

アル・ガニーは、なおも写真を一枚一枚確認しながら、溜息を漏らしている。

「――――それにしても、美しい。これはまた、なんと見事な絵だ」

そうして中でももっとも鮮明に撮られた一枚に目を奪われると、再び興奮気味に声を荒らげた。

「龍をも背負い、従える徳叉迦《とくしゃか》竜王《りゅうおう》か…。同じ一慶の作の中でも、これほどの絵は見たことがない。しかも、キャンバスそのものも飛び抜けて若く、美しい。見事な身体だ。ナーフィウ、この男は健在か？　この写真はいったい何年前のものだ⁉　私はこれが欲しい。どうしても、欲しいぞ」

一枚の写真を指定され、ナーフィウが眉をひそめた。

自分では答えようがなかったのか、一歩下がったところに立つ日本人男性を振り返る。

「すみません。わかりますか？」

訊ねられた男たちは、写真と互いを交互に見合った。

「はい。その写真でしたら、十三年から十五年前のものです。保有者が不慮の事故や病死等をしていなければ、今は三十代後半になっているかと思いますが」

二人のうちの若いほうが答えた。

途端にアル・ガニーの目が輝く。

「そうか！　では、この者が無事でいれば、最高の保存状態だな。場合によっては、これが遺作という可能性もある。すぐに手配を。できればしばらくはキャンバスごと眺めていたい。そのつもりで捕獲しろ」

「かしこまりました」

ナーフィウが快い返事をすると、アル・ガニーはまるで欲しいおもちゃに出会った子供のように喜びを露わにした。魅入られた写真を手に目を血走らせ、その場をしばらくうろうろとすると、その後は立ち止まって写真を頭上に翳《かざ》す。

「それにしても、見事だ。これまでどれほどの名画に心を奪われてきたかわからないが、人肌の上に描かれた刺青ほど心をかき立てるものはない。特に、日本の彫り物は秀逸だ。中でも一慶は天才だ」

アル・ガニーはすっかり鬼塚一慶という彫り師に心酔しているようだった。

「徳叉迦竜王、どうか今も生きていろよ。お前は私のものだ。この砂漠の大帝、アル・ガニー・ディヤー・ザイヌルアービディーン・バラカートのものなのだからな」

龍をも背負い、従える徳叉迦竜王に、耽溺しているようだった。

1

暦は三月に入っていたが、奥羽《おうう》の山々はいまだ深い雪に覆われていた。見渡す限り白銀の世界。罪を犯した者が人目を逃れ、この地を逃亡先に選んだとしても、なんら不思議はない。

だが、先日酔った弾みで起こした言動が元で、生涯のパートナーと定めた関東連合《かんとうれんごう》四神会《ししんかい》系・龍仁会《りゅうじんかい》四代目組長・龍ヶ崎義純《りゅうがさきよしずみ》を怒らせてしまった真木洋平《まきようへい》の逃亡先としては、いかがなものか？

これればかりは、誤った選択だったとしか言いようがない。

なぜならここは真木にとって、龍ヶ崎と初めて出会い、肌を重ねた思い出の土地だ。他の者にとっては秘境の地かもしれないが、肝心な龍ヶ崎にとっては、勝手知ったるなんとかで、まったく秘密にも隠れ家にもならなかったのだ。

もっとも、どんな罪を犯していたとしても、こんな場所に逃げられたら龍ヶ崎も本気では怒れない。

このあたりは、真木も策略家と言ってもいいかもしれない。

それでも逃亡先の宿へ踏み込まれ、まんまと捕らえられたとなっては、それどころではない。

どうしてあそこで深酒などしてしまったのか？

いや、あの極道以上に極道な各組の姐《あね》たちに流されるまま、おかしな言動をしてしまったのか⁉

後悔先に立たずとはいえ、悔いても悔いきれない状態だ。

「あんんっ、も…、勘弁しろよ。も、やるならやれよ。こんなの…もう、やだっ」

しかも、これが組長を激怒させた仕置きとして、殴る蹴るをされるなら、まだ耐えられる。天井から吊るされ、竹刀《しない》で滅多打ちにされても、我慢できる自信もある。

高校を卒業と同時に、極道の世界に入ってかれこれ十二年になろうという真木だ。男性としてはかなり美しい容姿をしているにもかかわらず、どれほど喧嘩三昧の日々を送ってきたかもわからなければ、命を落としかけたことだって一度や二度ではない。

特に、最初に世話になった関東連合磐田会《いわたかい》系磐田組に籍を置き、当時まだ若頭だった鬼塚賢吾《けんご》の片腕を務めていたときには、敵対している組織との抗戦中に撃たれて、瀕死の重傷を負ったこともある。また刺客として向かった龍ヶ崎に発砲し、その場で捕らえられて拷問を受けた過去さえあるほどだ。

それゆえ、肉体に受ける痛みならば、今日ほど苦しみ、自分の愚かさを後悔することもない。

しかし、酔った弾みの場とはいえ、夫同然の龍ヶ崎を辱《はずかし》めた妻に下された〝お仕置き〟という名の罰はこれ以上ないものだった。

真木は捕獲されると、そのまま宿の一室に閉じ込められた。

龍ヶ崎の手により浴衣《ゆかた》姿のまま後ろ手に床柱へ括《くく》られ、下着を取られると片太腿だけを腹につけるような状態で固定された。

その上、部屋の飾り物として置かれていた細身のこけしを密部に突き刺され、「こいつは絶対に落とすなよ。落としたらテメェについてる舎弟たちの指、この場で落とすからな」という脅迫まで受けて、かれこれ一時間も放置されているのだ。

「義純…っ」

これには屈強な真木も音《ね》を上げた。

いくらこの場にいるのが龍ヶ崎ただ一人とはいえ、あられもない姿を見せ続け、無理な姿勢を強いられることには限界が来ていた。

「やるなら、やれって…っんっ」

何より、質《たち》の悪い悪戯《いたずら》をされた状態で一時間となれば、苦痛の意味さえ変わってくる。

初めは懺悔《ざんげ》ばかりを口にしていたが、それも次第に甘美な抗議へと変わっていく。

「誰がそんなサービスするか。お前、酔った勢いとはいえ、あいつらとどんな話で盛り上がってたのか、わかってるのか？　お前の側近につけた奴ら、俺を見るたびに挙動不審になってるぞ。目が泳いで、まともに俺を見られない状態だ」

龍ヶ崎は、全身を真っ赤に染める真木を肴《さかな》に、手酌で酒を飲んでいた。

ざっくりと着込まれた浴衣姿は、そうでなくても色気のある男をいっそう艶《あで》やかに見せている。

これだけでも真木にとっては拷問だ。半端に責められたまま放置されているのも酷だが、それ以上に腹が立つのはこの男が放つ極上な色香だ。

「ん？」

ときおりちらりと見られ、口角をクイと上げられるだけで身体がわななく。

悩ましいだけの視線がむき出しにされた陰部に絡みつこうものなら、勝手にペニスが頭をもたげて、無情なほど真木を追い詰める。

『こんな形で生殺しにされるなら、意識を失うほど犯されたほうがまだマシだ。肉体的に酷使されるほうが、どれだけいいかわからないって…』

だが、それがわかっているから、龍ヶ崎は真木に、あえて放置という罰を与えてくる。

すでに二人が寄り添うようになってから七年以上が経つ。こんな罰に真木が多少の興奮はしたとしても、本気で悦《よろこ》べないことぐらい、龍ヶ崎も十分承知だ。

それだけに、これはプレイでもなんでもない。正真正銘のお仕置きだ。

では、どうしてそこまで真木が龍ヶ崎を怒らせたかといえば、それは先日行われた飲み会での出来事のせいだ。

「だから、それは、ごめんって謝っただろう。散々飲まされた挙げ句に、質問攻めにされたんだから、どうしようもないじゃないか。相手が入慧《いりえ》や佐原《さはら》でなければ俺だって、〝馬鹿なこと聞くな〟って、二、三発殴って終わらせたよ。けど、さすがに奴らを殴るのはまずいだろう？　こんな、どうでもいい話で、抗争になったら、それこそ末代までの恥晒しじゃないか」

男の身でありながら、愛する漢《おとこ》のために〝姐の座〟に就いた者同士の親睦会。

極道の妻たちの中でも特別扱いされがちな自分たちが集い、強い絆《きずな》で結ばれることで、これま

で以上に自分の男と組を盛り上げていこうという趣向の元に行われたものだが、それは表向き。実際のところは鬼塚の嫁である入慧と、鬼塚の配下にいる朱鷺組《ときぐみ》組長の嫁・佐原が、たまたま二人で飲んでいた勢いから知り合いに声をかけて開いた飲み会だったに過ぎない。

しかも、酔った入慧がどうしても知りたいという願望から真木に酌をし続け、そこそこ酔いが回ったところを狙ってぶつけた話がコレだったのだ。

〝でさ、実際のところ「あそこの龍」ってどうなってるんだ？　それって、勃起《た》ってるときは龍かもしれないけど、普段は蛇だよな？　それともイモリなのか？〟

もちろん真木は何も答えなかった。

〝だいたい、どうしてあんなところにまで刺青しようなんて発想になったんだ？　きっかけってなんだ？　彫ったときに息子は起きてたのか、寝てたのか？　俺、すっげえ気になってどうしようもねぇんだけど〟

たとえどんなに酔っていても、自分の男の股間についてなんか、一言だって口にしていないし、するつもりもない。それ以前に真木は入慧と同じ疑問を何年も抱えていながら、龍ヶ崎本人にぶつけたことがなかった。

ようは、知らないものは答えられるか！　というだけの沈黙だったのだが、それがかえって、話を盛り上げる結果になってしまったのだ。

そう。理由がわからないことで謎が謎を呼んでしまい、「いっそ本人に聞くか」という、とんでもないところにまで話がいってしまったがために、終始飲み会の話題の中心がこともあろうか龍ヶ崎の股間にいってしまったのだ。

それが本人にバレれば、激怒されるのは当然だ。

鬼塚や朱鷺といった他の組の夫たちとて、「何を考えてるんだ。そもそも他人の男に興味を持つな！」と目をつり上げるだろう。

となれば、真木がこんな程度のお仕置きですんでいるのは、なんだかんだと言っても愛あればこそだ。

一番気の毒なのは、逆らうこともできずに姐たちの飲み会を素面《しらふ》で見守り、また話を聞き続けるしかなかったボディガードたる各組の側近たちだ。

特に真木の側近たちなど、あの飲み会以来龍ヶ崎の顔がまともに見られず、かえって怒りを買ったほどで。今この瞬間も、別室で脂汗を流しながら指を詰める準備をしている。

それがわかっているからこそ、真木も必死だ。

こんな、おもちゃにも満たないものを突っ込まれても耐えるしかない。

「――いずれにしたって、恥を晒したのは変わらない。だいたい、どこの世界に、亭主の股間を酒の肴にする妻がいるんだ。しかもお前は姐だぞ。俺は組長だぞ。下っ端についてる女同士の会話だってどうかと思うのに、少しは立場をわきまえろ」

それにしたって、馬鹿馬鹿しいにもほどがある。

おそらく何が龍ヶ崎を一番激怒させたかといえば、この内容に他ならない。

そもそも誰がそんな話を言いふらしたのか？

入慧の耳にまで入れたのか？

背中に入った彫り物ならまだしも、ペニスに入った刺青など、近年真木以外に見せたこともない。

だが、考えたところで、噂の出元などわかるはずもなく、それが余計に龍ヶ崎をイライラさせた。本人は、過去に七年もの間投獄されていた、獄中にいたときから噂の的だった事実などすっかり忘れているのだ。

「だったら、初めからそんなところに彫り物なんかするなよ。そもそも俺があいつらの餌食になったのは、あんたのせいじゃないか」

しかし、それはそれで、これはこれ。真木はあまりに半端なまま放置されたためか、とうとう逆ギレし始めた。

そうでなくとも聞くに聞けなかっただけで、龍ヶ崎がペニスに龍の彫り物を入れた理由や経緯が気になっていたのは真木も同じだ。

いや、どこの誰より気になっていたと言っても過言ではないのだ。

「なんだと？」

「だいたい、どうしてそんなところに彫ったんだよ。いったい何が目的だったんだよ。真珠入れるのだってどうかと思うのに…。惚れた女に懇願でもされたのか？　何か特別な誓いでも立てたのか？　それともいいように唆《そそのか》されて…」

想像できる理由などたかが知れている。場所が場所だけに、こんな発想しか浮かばない。

ただ、それが更に機嫌を損ねる結果となって、真木は龍ヶ崎が手にした白磁盃を足元に投げつけられた。

「――――っ‼」

立ち上がった龍ヶ崎が傍《そば》まで来て、背筋にゾクリと悪寒が走ったときには、陰部に刺されたこけしのボディを握られた。ぐりぐりと回されながら押し込められる。

「結局、理由を知りたいのはお前もあいつらも一緒だろう」

「ぁぁっんっ」

いったん中程まで抜かれたかと思うと、すぐさま奥まで突き入れられる。

「知りたいと…思っちゃ、悪いのかよ」

「とうとう開き直りやがったな」

こけしそのものは一番太い頭部でも、直径が三センチにも満たない。龍ヶ崎自身で責められることを考えれば、さほど苦痛ではない。が、それだけに快感もない。

温もりも柔軟性も持たないそれはただの異物だ。龍ヶ崎が相手だからこそ、女役に身を落とした真木にとっては屈辱でしかないものだ。

「惚れた男の身体に刻まれたものだ。理由があるなら知りたいと思って当然だろう」

「――――ふっ。何、可愛いこと言ってるんだよ」

「うっ、あっ…っんっ」

それなのに、捻《ひね》るようにして抽挿を繰り返されると、真木はよがり声を漏らすしか術《すべ》がなくなった。

内壁をかき回す異物に対して、違和感以外のものが起こり始める。

「だがな、お前も男なら察しろよ。男が馬鹿をやるのに、理由なんかねぇだろう。何もかもに大義名分があるわけじゃない。そんなもんだ」

賢いあんたが理由もない馬鹿をやるなんて思えない。だから勘ぐる。

そんな言い訳もできないまま、次第に愉悦の中へ堕とされる。

「やっ、もう。っんっっ」

「そろそろ限界か？　こいつでイクか。節操ねぇな、お前も」

ゆっくりと、だが的確に弱いところを突いてくる龍ヶ崎が憎らしい。

節操も何も、「あんたの前でそれが守れる奴がいるなら連れてこい」と言いたくなる。

こんな淫らな身体にしたのは、どこの誰だ？

女しか知らなかった身体に、男のよさを教えたのはあんただろうと、真木は頬を膨《ふく》らます。

「おかげ様で――――。本当に、もう、なんでもよくなってきた」

「なんだと？」

「だって、あんたは俺がこんなもんでイッても構わないんだろう？　勝手によがって、勝手に一人でどっか行って…っ。それであざ笑って満足なんだろう？」

まるで龍ヶ崎を挑発するように、真木は悪態をつく。

「そういや、初めて会って口説かれたときも確か、ぶち込めれば冬眠中の熊でもよかったって言ったもんな。所詮あんたの惚れた腫《は》れたなんて、そんなも――――んっ」

目を細めた龍ヶ崎に限界までこけしを突き入れられると、さすがに痛みから口ごもる。

「挑発したって無駄だ。まともに抱いてほしいなら懇願しろ。そもそも俺にここまで手間をかけさせたのはお前だぞ。何、逆ギレしてんだ」

苦痛と愉悦の狭間に置かれた真木の呼吸が荒くなる。

目は血走り、こめかみには脂汗が滲《にじ》み始めた。

「あんたが…、焦《じ》らすからだよ。俺の身体のことなんて、もう…俺より知り尽くしてるくせに、そうやっていつまでも焦らすから、腹が立ってきたんだよ」

それでも不思議なもので、人の身体は臨機応変だった。屈辱でしかない行為さえ、いつしか快感へと変えていく。

「こんなカッコで半端にいたぶられるぐらいなら、一晩中しゃぶらされたほうがマシだ。あんたの龍に、腹から食い破られるほうが何倍もマシだよ」

次第にこけしを包む肉壁が、それに絡んで収縮し始めた。

自ら刺激を生み出し悦楽へと誘っていく。

「けど、も…。そろそろ、見栄も、我慢も…限界…。なんか、馴染《なじ》んできた」

誰の手も借りずに真木の欲望が膨らみ、グンと反り上がった。

全神経が目の前にいる男より、身体の中に刺し込まれたこけしに向かう。

「ん…っ。はぁっ」

そうして自身を絶頂の手前まで追い込むと、真木は絶頂にたどり着く一瞬を望んで目を閉じた。

もう、自分を誘発するだけで何もしてくれない男は、視界に映らない。

「ちっ」

そんな真木に舌打ちが出る。

龍ヶ崎は一気にこけしを引き抜き、足元へ落とした。

「あっ！　何するんだよ」

本気で惜しがる真木を睨《にら》むと、自ら浴衣の合わせに手を入れ、自身を引き出す。

「うるせぇ。お前が欲しいのは、こいつだろう」

すでにいきり立っていた龍ヶ崎自身には、猛々しい龍が巻きつくようにして彫られていた。

亀頭の縁から真木を見上げる龍の目は、真木をいっそう欲情させ、乾ききっていた口内を一瞬にして潤《うるお》した。

「違うのか？」

わかりきった答えを聞く龍ヶ崎に、生唾を飲まされる。

「…っ、違わない。早く…。早く、くれよ」

結局どちらが誘い、そして屈したのかはわからない。

ただ、真木が請いねだると、龍ヶ崎は満足そうに微笑んだ。

濡れそぼった陰部に亀頭を宛がい、押し込んでくる。

「なら、ぶち込んでやるよ、俺の龍」

床柱に拘束された真木の身体を抱きながら、一気に責め入った。

「んっあっ！　んんっ」

うねりながら潜り込んでくる荒々しい熱棒に、真木はこれまでにない悦びの声を上げる。

「あっっ、いいっ。いい…義純っ」

血の通ったセックスになると、拘束された腕がもどかしい。激しく突かれて仰け反る身体を支えるためにも、本当ならば抱きつきたい。

「あんたの龍が…っ。俺の中で暴れて――っあぁっ‼」

しかし、真木は拘束を解いてほしいと願うよりも先に、後ろ手に回った両手で床柱を掴むと、今だけは絶頂に向かうことに集中した。

「義純っ…っ。いい…っ」

自分の中で熱く息巻く龍と共に、愉悦の果てを目指した。


逃亡を補助した側近共々真木が許されたのは、部屋に監禁されてから半日が過ぎた頃だった。

そもそも事の発端を考えるならば、許す、許さないの問題ではない。きっと忘れた頃に、蒸し返す羽目になるだろう。

だが、今のところ過ぎてしまえばただの痴話喧嘩《ちわげんか》、それにも及ばない程度のラブ・レクリエーションだ。

龍ヶ崎と真木に同行していた側近たちは、とりあえずだろうがなんだろうが、ほとぼりが冷めると胸を撫で下ろした。今は許しも出たので軽く晩酌をしながら、二人の邪魔をしないように別室で静かに盛り上がっている。

そして、そんな側近たちに極力負担をかけないために、二人はその後も部屋から出なかった。

「好きで好きで大好きで、死んでもいいぐらい惚れてたのに――――か。罪な男だよな、鬼塚も。お前みたいな極上な舎弟を無視して、入慧だもんな～。これぱっかりは好みの差か？　それとも出会ってからの年数か？　とはいえ、俺にはいまだに子供にしか見えないけどな～。入慧は」

「何が言いたいんだよ。そんな昔話まで引っ張り出して」

部屋に設置されている家族用の露天風呂に浸り、東京《とうきょう》では見ることができない夜の雪景色を肴に、酒と会話を楽しむ程度に徹していた。

ときおり湯を弾く音以外、二人の会話を邪魔するものは何もない。

「いや、逃亡先が実家ならぬ磐田本家じゃなくてよかったなって。これで鬼塚のところに逃げ込まれた日には、戦争になりかねねぇ」

「馬鹿言えよ。誰が火に油を注ぐような真似するか。だいたい、大本の原因は入慧だぞ。本家に逃げ込めるわけがない。それに、あの飲み会の責任を取れって言いたいのは山々だけど、これ以上かかわったら何言われるかわからないし、入慧の背後には佐原がいる。さすがに俺だって敬遠するよ。あんな物騒で厄介《やっかい》な上に、毒舌な男」

本当ならば宿を出て、二人が初めて出会った山間の露天風呂にでも行きたいところだが、当時と今とでは立場が違う。

出所したばかりだった龍ヶ崎は、投獄された兄である三代目組長に代わって四代目を就任している。

若鬼筆頭と呼ばれる鬼塚の片腕だった真木も、四代目となった龍ヶ崎の片腕であり龍仁会の姐だ。

どんなときでも油断はできない。

いつどこから発砲されるかわからない危険は、鉄砲玉になったことがある真木が、また標的となって撃たれたことのある龍ヶ崎が、一番よくわかっているのだ。

「佐原……、検察庁の元事務官か。ありゃ、確かに美形で頭もいいが、食えねえ性格してっからな。まあ、それでも水面下では朱鷺がうまくコントロールしてるようだが。なんにしたって、今の磐田会は敵にしたくないナンバーワンだ。鬼塚はいい漢たちに恵まれた」

とはいえ、話がこんな方向に逸れていくと、真木も戯《ざ》れ言《ごと》ではすませられない。

思いつくまま聞いてみる。

「羨《うらや》ましい？　いっそ義純も四神会のトップを狙う？　これまで存在しなかった四神会の総長ってやつに、初代として収まってみる？」

言うまでもなく龍ヶ崎は、鬼塚に心酔していた真木が心を奪われ、命を預けたほどの漢だ。

極道としても一人の男としても器が大きく、決して誰かの下につく質の人間ではない。

それは鬼塚自身も認め、一目を置くほどだ。年の差もあり、実兄のように慕っていることも昔から周知だ。

しかし、そうなれば口にしないだけで、舎弟たちも一度は考え、思ったはずだ。

磐田がなんだ、鬼塚がなんだ、最低でも関東一の漢というなら、この龍ヶ崎義純。龍仁会四代目に決まっているじゃないか！ と。

それなのに、どうして四代目は上に立とうとしない？

関東の、日本の極道のトップを目指して、自ら昇ろうとしないんだ⁉ と。

「四神会にだって、磐田会に勝るとも劣らない漢たちが揃ってる。鳳山組《ほうやまぐみ》、虎王組《とらおうぐみ》、龍晟会《りゅうせいかい》、武田組《たけだぐみ》、蒼龍会《そうりゅうかい》。パッと名前が出てくるところだけでも、これだけある。構成組織数や人数だけで言うなら、磐田会より四神会のほうが断然多い。そうなったら、まずはここでトップに立つだけで、関東を制することだって不可能じゃない。そりゃ、鬼塚総長の磐田会と大鳳《おおとり》の覇凰会《はおうかい》にタッグを組まれたらきついかなって思うけど。そこはあんたが鬼塚総長を取り込めば、なんの問題もない。むしろ、大鳳ごと取り込める可能性だってあるだろう？ そしたら関東は押さえたも同然だぞ」

もちろん、こんなことを口にした真木とて、今の時代に不要な勢力争いを起こしてまで、誰かがトップに立つ必要があるのかと聞かれれば、それはないと答えるだろう。

九十年代の法改正を境に、極道たちは何かと自粛を強いられ、生きにくい世の中になっている。

むしろ、賢い漢ならば、そんな国内ではなく海外に目を向ける。

今更内乱に奔走するぐらいなら、ロシアや中国といった近隣のマフィアたちからいかに縄張りを守るか、また欧州まで含めた世界のマフィアたちとどう渡り合っていくかに、金も人力も注ぐだろう。

鬼塚にしても龍ヶ崎にしても、それは同じだ。

真木が知る限りではあるが、名のある長《おさ》たちならば、大概がそうだ。

真に英知と力のある者ほど、互いを立て合うことはあっても、前へ出ることがない。

何かのときに、必然的に選ばれた者が上へと押し上げられることはあっても、自ら昇ろう、這い上がろうという者が出ないのが現状なのだ。

だが、それを踏まえてなお、真木は気になった。

龍ヶ崎には極道としての野心が微塵もないのか？

このまま龍仁会という、決して小さくはないが特別大きいわけでもない組の長だけで満足できるのか？

せめて四神会のトップ、関東のトップとして君臨しようというぐらいの欲はないのか、この際知っておきたいと思ったのだ。

「――――そら、おもしろい絵だな。けど、忘れるなよ。磐田会には大姐・菫《すみれ》がいる。菫の実家は関西一の極道一家、音羽会《おとわかい》だ。しかも、鬼塚の資金源を水面下で支える元磐田会の市原《いちはら》は、その音羽会のナンバーツーである難波一騎《なんばいっき》の入り婿で。しかも一騎と入慧は学生時代からの親友だっていうじゃないか。この絆は、ちょっとやそっとじゃ切れないぞ。ってことは、磐田を押さえようとしたら、音羽ごと押さえなきゃならなくなる。そんな面倒なこと誰がするか？　きっと大鳳だってしないぞ」

しかし、龍ヶ崎は顔色一つ変えることなく言い放った。

指の先で湯を弾きながら、何を馬鹿なことをと笑ってさえいる。

「それに、どんな立ち位置にいようが、鬼塚は俺には逆らわない。よほどの何かがない限り、喧嘩を売ってくることもない。だったらこっちが鬼塚を立てて、好き勝手を言ってるほうが得策だろう。あいつが上へ行けば行くほど、それを自由に使える俺のほうが得になるってもんだ。鬼塚とは学生時代からの悪友だったっていう大鳳にしたって、それぐらいの計算はした上で、鬼塚と仲良くやってると思うぞ」

確かに言われてみれば、それもそうだと納得できる理由だった。

龍ヶ崎にしても、大鳳にしても、鬼塚とは個人的に深い繋がりがある。

鬼塚を押し上げることで、共にのし上がることも可能だ。言い方を悪くすれば、鬼塚を矢面に立たせて裏で糸を引くことだって、龍ヶ崎ならば可能ということだ。

もっとも、そんなせこい真似をする男に真木は惚れない。

とすれば、すでに龍ヶ崎は自分が鬼塚の布石になることも視野に入れて、今の立ち位置に自分を置いているのだろう。

それこそ、ある日突然鬼塚が「天下を目指す」と言い出せば協力もするだろうし、それがあまりに無謀なことなら刺し違えても止めるだろう。

どちらが天下を取ってもおかしくない者同士だからこそ、先に一歩引いた者が、実は参謀という主導権を取れるのかもしれない。

そう考えたら、鬼塚はどこまでも我欲と関係なく、下から押されて上へ行く。同列にいる男たちからまで先を譲られ、背を押され、否応なしに前を歩く。

人望があるとはいえ、ずいぶん重い荷物を背負わされたものだ。

「まあ、それ以前に磐田会から嫁をもらった俺と大鳳じゃあ、嫁の実家に喧嘩を売るような真似はできねぇだろうけどな。なにせ、愛妻家な上に恐妻家だからな」

「誰がだよ！」

この嫁入りうんぬんにしたって、鬼塚自身が望んだわけでも何でもない。

別に戦国時代の政略結婚を手本にしたわけでもない。

ただ、自分《鬼塚》のあずかり知らぬところで勝手に舎弟《真木》が龍ヶ崎に堕とされ、傘下の組長子息が大鳳に堕とされただけのことだ。

龍ヶ崎は笑っているが、鬼塚からすれば身内を人質に取られた気分かもしれない。

決して、これで龍ヶ崎と大鳳の首根っこを押さえたとは考えていないだろう。

「ま。恐妻家は冗談だが…。ただ、これは真面目な話だから覚えとけ。そもそも四神会は単に四神のいずれかを代紋に掲げる組が寄せ集まっただけの、いわば四神愛好会みたいなもんだ。そりゃ、何かあれば協力し合うし、助け合う。繋がりを持つことで、お互いの力も増幅できて、利害の一致があるのも確かだ。だが、それだけに組長同士は、全員が五分の盃を交わしている。年功序列的な礼儀はあっても、誰かが抜きん出て頭に立つことはない。ようは、総長なんてものは不要な会ってことだ。これは四神会ができたときから、今もってな」

そうして散々笑い話を繰り広げたあと、龍ヶ崎は改めて本音を明かした。

顔にも声色や口調にも、まったく変化はない。どこにもごまかしや嘘がないということだ。

「じゃあ、どうして。俺には鬼塚総長が羨ましいように聞こえたぞ。しっかり支えて、引き上げて、持ち上げる漢たちがいることに。そうして天下を目指すことになるかもしれないことに、なんだか嫉妬さえ感じて…」

「そりゃ、これなら安心だって意味で言っただけだ。なにせ、鬼塚が不安定だと、いつまで経っても落ち着かない奴がいるからな。仮に俺が奴に嫉妬することがあるとしたら、それはお前のことだけだ。お前が俺だけを見ていればなんの問題もない」

しかし、それだけに真木は、また墓穴を掘ったかという答えをもらって、形のよい唇を尖らせた。

「なんだよ、それ。俺はもう龍仁会の人間だぞ。とっくにあんたのものだぞ。そりゃ、俺が鬼塚総長に気があったのは確かだけど。でも、俺は命懸けであんたに寝返ったんだ。龍ヶ崎義純を死に場所と決めて、磐田会から龍仁会へ移ったんだ。それなのに――」

それでも、そっぽを向いてふて腐れることはしない。

逆に、湯船の縁に隣り合って座っていた身体を寄せて、龍ヶ崎の裸体に自身の裸体を絡めていく。

「悪かったよ。言ってみただけだ」

つい先ほど、半日かがりで責められ、意識を失う手前までセックスをした。

それなのに、真木は自ら龍ヶ崎の身体に両腕を絡めると、唇を差し向けキスをねだった。

「いや、きっとお前に言わせたいだけだな。俺はあんたのものだって」

「んっ」

抱き留められて深々と唇が重なり合うと、心身から安堵《あんど》し、龍ヶ崎を愛撫し始める。

「お前は俺のものだ。真木」

「んっ…んんっ、んっ。そうだよ。俺は、あんたのものだよ」

髪を、頭を、優しく撫でられると、自分も同じことをし返した。

「ここで初めて会ったときから、俺はあんたに――――…んっ」

あとからあとから起こる欲情に流されるまま、真木は龍ヶ崎の唇を堪能した。

そのまま頬や首筋を愛して、その背に宿る徳叉迦竜王を両手で愛でた。

『俺の、俺だけの徳叉迦竜王――――そして、龍』

抱き合うだけではもの足りず、自ら湯船の中に膝を折ると、龍ヶ崎のペニスを手にして口内に含む。

「ん…っ。はぁっ…」

なんの躊躇《ためら》いもなく頬張り、舐めてしゃぶる真木の姿に、龍ヶ崎は恍惚に浸った表情《かお》をする。

それが嬉しくて、悦ばしくて、真木はいっそう強く激しく、いきり立つ龍を愛していく。

「イッて…。出していいよ」

目の前の男に溺れきっているのは、誰より自分が知っていた。

愛し方も愛され方も、真木に教えたのは龍ヶ崎だ。

そして、今となっては自分だけが見ることを許され、また触れることを許された龍の化身が、真木の理性を壊していく。

愛欲ばかりをむき出しにし、止めるものがなければ、ずっとこのまま絡み続けても構わないほどだ。

「――――んんっ」

口内に撒かれた白濁を受け止め、飲み込むと、真木は満足そうな顔をした。

さほど形を変えることもなく、まだまだ息づくペニスを舐め上げ、ふと漏らす。

「いっそ、俺も彫ってみようかな。同じところに、夫婦龍《めおと》でも」

「馬鹿を言え。こんなところ、誰に見せて彫らせるって言うんだよ。俺に世界中の彫り師を抹殺させたいのか」

ただの思いつきで口にしただけだったが、龍ヶ崎に本気で怒られた。

真木は顎《あご》を摑んで引き寄せられると、湯船から立ち上がって、龍ヶ崎の胸に再び抱かれた。

「それとこれは別だろう？」

「別なわけないだろう。お前の身体を見ていいのも、肌に触れていいのも、この俺だけだ」

龍ヶ崎の利き手が、真木の身体に残る古傷を悔しそうに撫でつけた。

「それじゃあ医者にもかかれないじゃないか」

「かかるようなことにならないように、まずは気をつけろ。さすがに次はないぞ。これ以上の勲章は必要ない。俺のためにも、自分の身体に傷はつけるな」

真木の右腕や胸には、過去に撃たれて重傷を負った痕が残っていた。

また、すでに薄くはなっているものの、リンチを受けた際に押しつけられた煙草《たばこ》の火傷《やけど》痕も胸のまん中に残っている。

「それもそうか。最近暴れてないから忘れてたよ」

思えば、真木は龍ヶ崎の許へ来てから、一度として傷を負ったことがなかった。

立場が変わったとはいえ、どれほど周りが自分に気を遣っているのか、また必死で守ってくれているのかが一目瞭然だ。

「けど、姐なんて俺の性に合わないな。やっぱり俺は常にあんたと一緒にいたい。どんなときにも傍にいて、一緒に戦っていたい」

それでも、真木はこの男のためならば、いつでも命を捨てる覚悟はできていた。

「真木」

「好きだよ、義純。やっぱり、どうしようもないほど、俺はあんたが好きだ。愛してる…」

そこには昔のような男気も何もない。ただ、あるのは愛だけだ。

狂おしいほどの欲情と、狂気にも近い独占欲だけだ。

「あんただけは何があっても守る。あんたの命は俺のものだ。どこの誰にも渡さない」

真木は、何度目なのかわからないキスをねだると、その後も龍ヶ崎に抱かれて喘《あえ》いだ。

いったいどこから湧き起こるのかわからない貪欲さに自嘲を浮かべながらも、最愛の男である龍ヶ崎には、終始微笑を浮かべさせた。

どこまで俺を夢中にさせれば気がすむんだ――と、ぼやかせながらも。

＊＊＊

真木が龍ヶ崎と共に東京は銀座《ぎんざ》の一角にある龍仁会本部事務所へ戻ったのは、捕まった翌々日のことだった。

「お帰りなさいませ、組長」

「ああ」

逃亡していた真木にしてみれば四泊五日。追いかけた龍ヶ崎にしても二泊三日の思いがけない旅だ。

だが、久しぶりに俗世を離れて解放的かつ濃密な時間を過ごしたためか、龍ヶ崎にしても真木にしても帰宅後はご機嫌だった。

胸中では「なんてわかりやすい人たちなんだ」とぼやく幹部や舎弟もいたが、どうでもいい理由で喧嘩をされるぐらいなら、仲良くしていてくれるに越したことはない。

家内安全が一番というのは、いずれの世界であっても変わらない。

「真木さんもどうやらご無事で」

「まあな」

そうでなくとも、真木は男性であっても今が盛りの見目麗しい極姐だ。見ているほうが恥ずかしくなるような微笑を浮かべられ、周りもつられて笑うだけだ。

と同時に、事務所内にいた誰もが〝平和〟を感じてしみじみ和み、この笑顔を、この瞬間の空気を守り続けたいと願えば、俄然やる気も出るというものだ。

「ん？　なんだ。表が騒がしいな」

しかし、突如としてざわめき立った出入り口のほうに気づくと、すかさず真木が反応した。

一瞬にして怪訝《けげん》そうな顔つきになる。

「なんだテメェら！」

「警察だ。龍仁会四代目組長・龍ヶ崎義純はいるか？」

立ち塞がる舎弟たちをかき分けて、手帳を翳したスーツ姿の男が三名ほど現れた。

出入り口から事務所の奥まで一気に歩み寄ってくる。

「何の用だ」

真木はすかさず龍ヶ崎の前に出た。

「どけ。用があるのは龍ヶ崎だけだ」

「令状はあるのか？」

固唾《かたず》を呑んで見守る舎弟たちをよそに、龍ヶ崎は顔色一つ変えることなく真木と警察のやりとりを見つめている。

「いや。任意だ。ちょっと同行してほしい」

「ふざけるな。令状もなしに同行も何もあるわけねぇだろう。テメェら龍仁会をおちょくってるのか？」

容疑や内容もわからないまま、同行など許せるはずがない。

真木は語尾が荒くなると共に、目つきが数段鋭いものになる。

だが、そんな真木の肩を龍ヶ崎が軽く摑んだ。

「まあ、そう食いつくなって。よっぽど聞きたいことでもあるんだろう。話ぐらいは聞くさ」

落ち着き払った龍ヶ崎の笑みには、余裕さえ感じられる。

「でも！」

「安心しろ。任意だ。それより留守を頼む」

「義純っ」

ここで下手な騒ぎを起こしてもと危惧したのか、龍ヶ崎はやけにあっさりと同行を決めた。

「任せたぞ、真木」

何か思い当たる節でもあるのだろうか？

同行と言いながらも連行されていくようにしか見えない龍ヶ崎に、真木は柳眉を顰《ひそ》めるばかりだ。

「組長！」

「四代目！」

舎弟たちは先を争うようにあとを追いかけ、エントランスで立ち止まった。

覆面パトカーとはいえ、両脇を警察官に挟まれて後部座席に座らされた龍ヶ崎の姿に、真木は言い知れぬ怒りと不安が湧き起こる。

「真木さん。これはいったい…？」

「わからねぇよ。思い当たる節がまったくないわけじゃない。それに、突然逮捕状を突きつけられたって、不思議じゃねぇことしてんだろう。こっちはそれなりのヤクザなんだからよ」

警察が動く理由は、何も昨日今日のことだけではない。

過去にさかのぼった事件や出来事からでも、こうして動くことは多々ある。

そうなると、真木は自分でも口にしたとおり、龍ヶ崎が呼ばれた理由や原因がさっぱりわからなかった。

龍ヶ崎に限って、逮捕状を取られるようなミスはしていないはずだと思いたい。

だが、どこで誰がどんなミスをしているかはわからない。

どんなに龍ヶ崎が用心深く動いたところで、配下で手違いが起こる、もしくはかかわりを持った先方で何かが起こることもありえるのだ。

『薬関係はない。暴力関係もないはずだ。とすれば、金関係？　だが、それなら動くのはマルサだよな？』

それにしたって真木は、〝任意同行〟という半端さが引っかかった。

いったい龍ヶ崎から何を聞き出そうというのか、見当もつかない。

『まさか磐田会――――鬼塚総長絡みってことはないよな？』

客観的に見るならば、何かと騒がしいのは龍仁会ではなく鬼塚率いる磐田会のほうだ。

特に去年の夏場あたりから、中国・台湾マフィアに絡まれガタガタだ。

表立って動いてはいないものの、龍ヶ崎も陰ながら鬼塚のフォローに回っている。

「とにかく、二時間経って戻らなかったら、取り返しに行く。弁護士の手配を」

よもやこのまま逮捕は考え難いが、それも視野に入れて真木は指示を出した。

「はい」

力強く応えたのは龍ヶ崎の側近中の側近であり、龍仁会の重鎮幹部・柳沢《やなぎさわ》。

真木とは親子ほど年の離れたインテリジェントな男だが、それでも真木がここへ来たときから誰より姐として立ててくれる。今も彼が率先して動いたことで、龍ヶ崎不在時の組を誰が纏め、また動かすのかが明確になった。

『それにしたって…、こんなことならもう一泊してくればよかったか？　それとも、宿に踏み込まれなかっただけ、マシか？』

視界からすっかり覆面パトカーが見えなくなると、真木は事務所内に戻って最悪の事態に備えた。

習慣とはいえ、安易な気持ちでは一秒たりとも待っていられなかった。

2

任意とはいえ、龍ヶ崎が警察へ連れていかれてから三時間後のことだった。

真木は側近三人を同行し、磐田会系朱鷺組の本家を訪れた。

見事な掛け軸が目を引く床の間のある応接間で、至極丁寧な対応を受ける。

「それで、二時間経っても戻ってこないから迎えに行ったら、門前払いを食らったと」

「ああ。向こうは〝本人も納得ずみだ〟と言って、まったく聞き入れない。そもそもなんの容疑で連れていかれたのかさえわからないのに、信じられるはずがないだろう」

磐田会の総本家や龍仁会の総本家に勝るとも劣らない朱鷺家の本宅は、シマを持つ吉祥寺《きちじょうじ》にあった。広々とした日本庭園と母屋が古きよき時代の風情を醸《かも》し出す、なかなかの大邸宅だ。

当家の主である朱鷺正宗《まさむね》は、磐田会傘下の組長の中では一番若く艶やかな伊達《だて》男。

そして、その伴侶となった男・佐原芳水《よしみ》も類を見ない美形で、真木の持つ凛々しさのある青年のような美しさとはまた違い、どこか中性的だ。

しかも、持って生まれた容姿が武器になることを知った上で、しっかりと使いこなす知能犯でもあり、本来なら何事もまっすぐという性格の真木とは、そりが合わないタイプだ。

実際、出合い頭は喧嘩腰で最悪なものだった。

それにもかかわらず、真木がここへ足を運んだ理由はただ一つ。前職が検察庁の事務官だった佐原に知恵を借りるため、龍ヶ崎の身柄を一刻も早く警察から取り戻したいがためだ。

「最近、大きなヤマに絡んだ覚えは？」

「磐田会に比べたら地味なもんだ。むしろここ最近じゃ、先日の飲み会が一番の大事件だったぐらいだからな」

こうして話をしている間も、龍仁会の顧問弁護士が動いていた。

しかし、今の龍ヶ崎が置かれている現状を知ろうとするなら、司法から警察まで多くの知り合いを持つ佐原を頼るほうが手っ取り早い。警察関係だけなら磐田会にも久岡《ひさおか》という元・刑事だった組長の伝《つて》はあるが、検察側まで含めて考えるとやはり佐原だ。

あちらこちらに話を振って、事を荒立てるつもりもないので、真木の選択に迷いはない。

先日の飲み会の一件を根に持っていないといえば嘘になるが、逆をいえばあれのおかげで遠慮も何もなくなったのも確かだ。雨降って地固まるという効果は、こうした姐同士の新たな関係にも当てはまるようだ。

「はははっ。それはごめん。けど、それじゃあ任意とはいえ腑《ふ》に落ちないよな。仮に本人が納得しているとしても、長居させられる理由がわからない。だったらこのまま時間を稼いで、逮捕状でも取るつもりなのかって考えるほうが正解だ」

「だろう」

佐原も、他人の旦那の股間話を酒の肴に盛り上がった記憶があるだけに、ＳＯＳを発してきた真木を邪険にすることはない。

かえって「喜んで協力するよ」と、連絡を受けた直後から果敢に動いている。

「……と、連絡が来た。何かわかったのかもしれない」

そうこうするうちに、佐原の携帯電話が鳴った。

「はい。はい…。え⁉　そうなんですか」

佐原の応答だけを一方的に聞いているためか、真木にもいつにない緊張が走る。

「わかりました――――ありがとうございます。お手数をおかけしました」

手短に話を終わらせると、佐原は通話を切って真木を見てきた。

いい顔はしていない。どちらかといえば苦笑交じりだ。

「龍ヶ崎に任意同行を求めたのは組織犯罪対策部じゃないそうだ」

「組対じゃない⁉　じゃ、どこが？　一課か、二課か…。まさか警察手帳が偽物だったとか言わないよな⁉」

これはいったいどういうことだろうか？

真木は佐原からの報告に、不安と疑問ばかりが大きくなる。

「いや。迎えに行ったのは警察官だ。ただ、指示を出したのはもっと別なところみたいだけど」

「もっと別なところ？」

「おそらくは内閣情報調査室か宮内庁、それに近いだろう特例捜査が許された機関。何をするにも極秘行動、かつ指示系統をうやむやにするのも得意なところだろうな」

真木にとっては、想像もしていなかった機関名が次々と飛び出してくる。

「そんな、馬鹿な。仮にそうだったとして、なんの用があるって言うんだよ。組長とはいえ一介の極道に」

自分で言うのもなんだが、縁もゆかりもない機関ばかりだと思う。

「それがわからないから、珍しく春日《かすが》もイライラしてたよ。かえって火が点いたから、これから父親のところに行って探ってみるって」

「何もわからなかった」で終わらせる佐原ではない。それは佐原の先にいるたが、自ら動いて知人・友人も同じことだ。

真木は、今回佐原が情報収集に使っただろう相手の名を知ると、それがどこの誰なのかと思い首を傾げた。

「春日って？」

佐原がニヤリと笑う。

「〝霞《かすみ》ヶ関《がせき》の魔女〟の異名を持つ春日美奈子《みなこ》。司法から官庁・国会に至るまで、一族が紛れていないところを探したほうが早いんじゃないかってぐらい、上級公務員ばかりが揃う一族のお姫様。軽く見渡しても本人が特例判事補、叔父は東京地検の検事正、兄は警視庁の警視正かな。で、調べてみてもらったところ、逮捕状は申請されてないし、組対も動いてない。それどころか、今はチャイニーズマフィアと水面下でごちゃごちゃしているのがわかってるから、磐田やそれにかかわる組織や人物は、全部見て見ぬふりをしておけってことになっている。それにもかかわらず、任意とはいえ龍ヶ崎を引っ張った。春日からすれば、いったいどこの誰が〝暗黙の了解を破ったのよ!〃ってことらしい」

大まかな説明を聞く真木の頬が、自然と引き攣ってきた。

聞けば聞くほど物騒な一族がいるものだと思った。

どんな世界にも、蛙《かえる》の子は蛙という家系や世襲はあるが、ここまで上級公務員だらけの家族・一族というのはいかがなものか?

日々の食卓の話題が時事問題なのか?

盆や正月、冠婚葬祭で一族が集っても、笑顔で世界情勢とか語るのか?

もしそうだとしたら、さぞ飯がまずかろうと、真木はつい余計なことまで考えた。

もっとも、向こうからすれば「食卓の話題が血なまぐさいよりは全然いいだろう」と言うかもしれないが。なんにしても、笑えない話だった。

「で、そんな彼女がどうして父親に?」

「父親が総理間近と言われる大物の議員だから。ようは、この件で動いてるのが内閣情報調査室関係なら、ここで情報が取れるだろうってことだ」

とはいえ、立場を替えれば極道にだって世襲制はある。

そうでなければ、龍ヶ崎にしても朱鷺にしても一代で今の財と縄張りを築いているかどうかは、わからない。成り上がりの典型のように見えても、親が子に残すものはやはり大きい。

あとは、いかにそれを守り、拡大していくかは、継いだ者の力量だ。先代が残すものが大きければ大きいほど、それを受け取る者にだって大きな器がいるということだ。

そう考えると、〝霞ヶ関の魔女〟と呼ばれる春日は一族の中でも突出していた。

生まれ持ったものを最大限に生かせる力の持ち主なのだろう。そうでなければ、他の誰かが〝霞ヶ関の帝王〟でも〝王子〟でも呼ばれていいはずだ。

しかし、こんな異名は春日美奈子にしかつけられていない。これだけでも、彼女が一族の顔であり、象徴的な存在なのは確かだ。

「なら、そこでヒットしなければ、宮内庁かもっと特殊な機関ってことか」

「消去法でいけばな」

「はっ。わけわかんねぇ。なんなんだよ、それ」

真木は、佐原がとてつもなく大物の友人を持っていることを、この場で理解した。

それも、友人の知人のために動いてくれるような、情にも仁義にも厚い人物だ。

「――――だよな。まあ、それにしたって今は下手に動き回るより、春日の返事を待つほうが得策だ。どこで何が動いていたところで、彼女の口まで封じるのは難しい。彼女が動いた段階で、よほどの馬鹿か無知でなければ、龍ヶ崎に危害を加えることもないはずだし、すぐに釈放するだろう」

「でもそれって、相手が馬鹿か無知だったら、逆にやばいってことだろう?」

「そんな奴らに、この国は任せられないってことだな」

とはいえ、どんなに佐原のコネがすごいことがわかったところで、肝心な龍ヶ崎のことがわからないのでは意味がない。

真木はかえって大きな迷宮に足を踏み入れてしまった気がして、肩を落とした。

こうなったら腹を括って待つしかないが、それでもここからの一分一秒が長そうだ。

「いずれにしても、手は尽くしてくれているから、少しだけ堪えてくれ」

微苦笑を浮かべた佐原が、舎弟に指示して、真木や背後に控える側近たちに新しい飲み物を差し出した。

最初は形ばかりのお茶だったが、今度はコーヒーにケーキつきだ。佐原の細やかな気遣いや、日ごろの舎弟教育のよさが窺える。

と同時に、今しばらく時間がかかることを示され、真木はその場で深呼吸をした。

「――ごめん。ありがとう」

ずいぶん気持ちよく、この言葉が口に出た。

「これで飲み会のことはチャラってことで」

佐原は少し照れくさそうに笑ったが、その後は真木と一緒に春日からの連絡を待った。

こんなときに待つことしかできない苦悩は、真木も佐原も変わらない。気性は違えど、立場を同じくする姐同士。これから共にするひとときが、思いがけず二人の絆を強めることになるのは間違いなかった。

一方、その頃龍ヶ崎は――。

「さ、もういいよ。外しても」

移動の途中からつけられたアイマスクを外され、視界を取り戻した。

すると、誰が見ても警視庁の中とは思えない一室に身を置かれていた。

『おいおい、マジかよ。以前より内装がグレードアップしてないか？　これ、全部税金で揃えたとかって言うんじゃないだろうな』

見渡す限り豪華な調度品に囲まれたヨーロピアンスタイルのダイニング・リビング。

目の前に出されたアフタヌーンティーのセット。

香り高い紅茶を淹れる執事のような黒服の紳士。

これらだけを見るなら、ホテルのＶＩＰルームにでも招かれたようだ。

しかし、華美な装飾が施されたカーテンの向こうには、鉄格子が透けて見えた。

龍ヶ崎のアイマスクを外して声をかけてきた華奢な身体に儀礼服を着込んだ美麗な男・花房《はなぶさ》
侃《たける》にも見覚えがある。

『若干部屋の造りが変わってはいるが、ここはもう東京刑務所の敷地の中だよな？　一部の管理職以外立ち入ることがない建物。しかもその中でも巧妙に造られた隠し部屋。ってことは、任意で連れてこられたのに、俺はすでに塀の中かよ。裁判を受ける権利もないなんて、完全に人権侵害だぞ』

龍ヶ崎の記憶に間違いがなければ、ここは本来警察のあとに来る場所だ。

どんな罪をでっち上げられたところで、自分が否定し弁護士を立てれば、そう簡単に放り込まれるシステムではない場所のはずだ。

『せめて別の場所でとかって思わなかったのかよ。まさかそっちが籠《かご》の鳥ってこともないだろうに』

考えたところで、もう遅い。

なので、余計なことを考えるのはやめにした。

「それで、こんなところまで連れてきて何の用だ。手短に終わらせてくれ。早く戻らねぇと、舎弟たちが黙ってないぞ」

龍ヶ崎は胸元から煙草とライターを取り出すと、テーブル上のティーカップをずらし、中央から陶器製の灰皿を引き寄せた。

ここでティータイムを過ごすつもりはない。せいぜい一服するうちに用をすませろ。

煙草を咥《くわ》えて火を点ける龍ヶ崎からは、そんな声が聞こえてきそうだ。

「会わないうちに、ずいぶん気が短くなったようだな。もしかして、あっちのほうも早くなったとか」

「……………」

「わかった。説明するよ。そんな目で睨むなって。お前と私の仲だろう。実はな…」

花房が説明を始めた。

龍ヶ崎はときおり煙草を吸いながら話に耳を傾ける。

しかし、そんな龍ヶ崎が思わず噴き出しそうになってしまったのは、丁度煙草一本分が灰となったときだった。

「一慶マニアが俺の背中を狙ってるから、このまま檻の中に隠れとけ？　お前、正気か？　そんな話だったら、電話一本寄こせばすむことだろう？　お前なら事務所の電話番号どころか、俺のプライベートナンバーだって簡単に調べられるはずだ。よもや、わからなかったとは言わせないぞ。お前がただの看守じゃない、おそらく諜報機関かなんかの特権を持った人間だってことぐらい、俺でも想像がついてたんだからな」

どうやら龍ヶ崎が突然任意同行を求められたのは、自身の命にかかわる情報を伝えるためだった。

だが、それを聞かされても龍ヶ崎は、灰になった煙草を灰皿に押しつけ、まるで話にならないという顔を見せた。

そもそも龍ヶ崎が大人しく同行されてきたのは、迎えに現れた警官の中に花房の側近だと記憶する者が紛れていたからだった。

相手は三人の中でも後方で構えており、何を言うでもなかったが、真木の背後に立つ龍ヶ崎にその目でしっかりと訴えてきたのだ。

〝ご無沙汰しております。花房看守がお呼びです〟

まるで投獄当時のように――――。

しかし、こんな形で花房が龍ヶ崎に接触を求めてきたのは、出所以来初めてのことだった。

よほどの何かが起こったのか？　今の自分の助けでも要るのか？

龍ヶ崎なりに気を遣った上での同行だった。

それだけに、話の内容があまりにお粗末で緊張が緩んだ。呆れてしまったのだ。

「それじゃあ、お前の顔が見られないだろう。せっかく再会の大義名分ができたんだから、利用しない手はない」

それでも花房は、特に顔色や口調を変えることなく、龍ヶ崎の背後に立ったまま会話を続けた。

課報機関のような特権を持つ人間だと言われたことに対しては、完全にスルー。否定もしなければ肯定もしない。こういうところも以前とまったく変わっていない。

花房は、龍ヶ崎が気にしようが気にしまいが自分に都合よく、また必要な話しか常にしない男だ。

だが、龍ヶ崎は否定がなければ肯定と取る。

やはり花房は特殊な機関の、しかも特別な捜査権利を持った人間だ。

どうして、こんな胡散臭い男が刑務所の看守などという〝仮の姿〟を持っているのかはわからないが、とにかく本業と呼べる仕事や使命は別にあるのだろう。

そう考えると、呆れはしても油断はできない。

どんなに愛想よくふるまわれても、心底から再会を喜べる相手ではない。

「背中の徳叉迦竜王にも、あそこの龍にも会いたかったんだ。再会のキスぐらいしたって、罰《ばち》は当たらないだろう」

過去に肌を晒した覚えがあるとなったら尚更だ。

龍ヶ崎は決して恐妻家なつもりはないが、両肩から滑らせるように手を回され、花房に抱きつかれると、激怒した真木の顔が浮かんだ。

そうでなくとも刺青に因《ちな》んで、過去の相手がどうこうという話が出たのは昨夜のことだ。何やら因縁さえ感じてしまう。

「うちの奴らは会いたくないってよ」

何かにつけて血気盛んな頃だったとはいえ、龍ヶ崎が他組との抗争を起こした主犯の一人として、罪を償うために入った檻の中で誘惑に負け、男の味を覚えたのはもう十年以上前のことだ。

「言うようになったな。投獄中、どれだけ世話してやったと思ってるんだ。ペットの分際で」

「今は絶対服従を誓った主《あるじ》がいるんでね」

むさくるしい野郎ばかりを毎朝毎晩眺めていたら、綺麗な上に同世代の若い看守に目が行くのは自然なりゆきだった。

ましてや付き合っていた相手もいない。下半身に理性はない。龍ヶ崎にしてみれば、喜び勇んで花房の誘いに乗るだけだ。

〝こいつ、絶対に極道よりヤバい奴だ。ただの看守じゃねぇな〟

それがわかっていながら、かなり定期的にセックスを愉しんだ。

独房行きだの反省室行きだの、名目は常に花房が用意してきた。

規律の厳しい壁の中で、そんなことが自由にできるあたりで、当時から花房は特別な地位か権利を持っていたのだろう。が、そんな経緯があるだけに、龍ヶ崎は花房に対して、愛はないが多少の情があった。

地獄で天国を見せてもらった恩を仇《あだ》で返すほど、龍ヶ崎も不義理な男ではない。だからこそ、こうして律儀に同行もしてきたのだが、そこは失敗だったようだ。

「それって真木洋平とかってイロのこと？」

不意に出された名前に反応し、龍ヶ崎は花房へ視線をやった。

これまでとは明らかに違う。冷酷で鋭い目つきだ。

「そんな怖い顔するなって。一応お前をここに連れてくるに当たって、必要最低限のことは調べた。けど、それだけだ」

「何が〝それだけ〟だ。無罪の人間を任意で呼んで、そのまま投獄しようって奴の言葉なんか信じられるわけがないだろう」

自然と声が低くなる。

龍ヶ崎は熱くなる自分を抑えるように、再び煙草を手に取った。

「無実？　叩けばいくらだって埃《ほこり》が出る極道のくせして、よく言ったな。私は単に、一時とはいえ情を交わしたお前をむざむざ見殺しにはできないからこうして…っ！」

ライターで火を点けるふりをしながら、その火を背後から絡みつく花房の鼻っ面に向けた。

「だったら俺を狙ってるっていう、その〝刺青マニア〟の正体を明かせ。それさえ聞けばこっちで片づける」

静かに怒気を見せた龍ヶ崎に、花房は溜息交じりに絡めた腕を解く。

龍ヶ崎はそのまま煙草に火を点けた。

「それができたら、お前に〝しばらく檻の中にいろ〟なんて面倒なことは言わないさ」

「情報元も明かせなければ、刺客を送り込んでくるだろう相手の正体も明かせない。漠然と〝背中目当てに殺されたくなければ牢屋に入っとけ〟って言われて、誰が〝はい〟って答えるんだよ」

その後は一言一句聞き逃すことのないよう、会話に集中した。

花房との会話から自分が置かれた立場や、花房の真意を連想していく。

「だからそこは〝私を信じろ〟と言ってるだろう？　三ヶ月から半年もあれば、相手が諦《あきら》めるように仕向けることは可能だ。三食セックスつきのＶＩＰ待遇で世話してやるから、大人しく入っておけって」

「やなこった。どんなに待遇がよかろうが、酒池肉林だろうが、檻の中は檻の中だ。二度と入りたかねぇよ。ましてや命が惜しくて極道なんかやってられるか」

そうして、二本目の煙草を吸い終えた龍ヶ崎の中で纏められた内容はこうだった。

鬼塚一慶の刺青作品コレクターが、私利私欲丸出しで作品収集をしている。

そんな猟奇的な人間に目をつけられたのが自分、徳叉迦竜王という傑作の持ち主である龍ヶ崎義純だった。

しかもそのコレクターは、国家権力をバックに持っていると考えていい花房の立場や特権をもってしても、立ち向かうのが難しい人間だ。

ここで名前を出すことさえ許されないほどの相手かもしれない。

こうなると、絞り込まれてくるのは政財界の超大物か、今の時代でも特権階級に位置する人間。場合によっては海外の桁外れな権力者という可能性もある。

だが、いずれにしてもマフィアやヤクザといった闇社会の人間ではない。

それなら花房も堂々と名前を出して、「自分の命は自分で守れ」と言う。わざわざ檻の中へ隠そうとまではしないはずだ。

『今になって、またずいぶんと面倒くせぇ相手に目をつけられたもんだな』

ときとして、巨大な権力を持った表社会の人間は、裏社会で暗躍する者たちより何倍も始末が悪い。

自分がしていることの善悪さえ区別がつかず、罪を犯したとしても悪気がない。

これなら自覚を持って悪さをしている闇社会の人間のほうが、よほど謙虚というものだ。

悪を善だと美化する屁理屈もこねないし、悪は悪の美学で徹している。

『コレクターという限り、すでに収集している作品があるってことだよな? それも写真じゃなくて実物標本で。しかも、死体から作った標本だけをせっせと集めるコレクターなら、俺が命を狙われるなんてことはない。相手は刺青欲しさに持ち主を殺《や》っても手に入れる、自分で標本まで完成させるってことだ。まあ、初めて聞く話じゃないが。それにしたって神経疑うよな、狂ってるとしか思えねぇ』

龍ヶ崎は、三本目の煙草を手にすることなく、ライターと煙草の箱を一緒にスーツの内ポケットに戻した。

「————さ、話は終わったな。帰してもらおうか」

「駄目だ。帰さない。お前はこのまま投獄だ。どんな罪状をでっち上げても保護する。死なせたくないからな」

席を立とうとすると、花房が再び抱きついてくる。

その姿だけを見るなら、たおやかな藤《ふじ》の花のようだ。花房は華奢で繊細で品もある。

同じように美しい男でも、勇ましさを感じる真木とは違う。インテリで妖艶ささえある佐原とも違う。

花房は花房なりの美しさと香しさを持っている。それも甘く悩ましい、とても不思議な香りだ。

「死ぬわけねぇだろう。たとえ国際クラスのヒットマンが来ようが外国人部隊が攻め込んでこようが受けて立つ。龍仁会四代目をなめるなよ」

「可愛いイロや舎弟たちを巻き込むことになるぞ」

だが、彼が隠し持つ毒々しさは、龍ヶ崎が知る限りだが佐原以上だった。

耳元に寄せた唇が、弾むような声色で、さりげなく脅しをかけてくる。

「テメェの命はテメェで守れと常に言ってある。まして真木は俺が選んだ漢だ。騒ぎに巻き込まれたところで、喧嘩上等って笑うだけだ」

それでも龍ヶ崎は、花房の腕を外しにかかった。

「俺が戻らなければ、そっちの立場が怪しくなるぞ。どんな特殊な機関だか知らないが、蛇の道は蛇だ。昨日の友は今日の敵ってこともありえるからな」

なかなか離れようとしない花房に、今度は自分のほうから脅してみた。

「ずいぶん強気だな」

「はったり一つかませねぇ奴なんか、極道じゃ生きていけねぇよ」

事務所を出てから、それなりの時間が経っている。

きっと今頃、真木や柳沢がなんらかの手を打っているはずだ。

場合によっては、磐田会に相談を持ちかけているかもしれない。

どこからか動きがあれば――――そんなささやかな希望を持っての脅しだ。

「花房主任。よろしいでしょうか」

するとと、黒服を着込んだ執事のような男が、携帯電話片手に声をかけてきた。

「なんだ？」

仕方なく離れた花房に、そっと何かを耳打ちする。

「――――わかった。仕方ない。一度本庁に戻すから、相手に迎えの連絡を」

「はい」

「蛇の道は蛇か。お前、いつの間に強力な公人にコネなんか作った？」

花房は振り向きざまに苦笑した。

どうやら、誰かが何かの手立てを使って圧力をかけたようだ。

「なんのことかな」

こんなことができる知り合いを持っている者は、残念ながら龍仁会にはいない。とすれば、やはり真木が磐田会に駆け込んだと思うのが正しい。龍ヶ崎は、佐原あたりだろうか？　と想像してみる。

「まあ、仕方ない。伝えることは伝えたんだから、無駄死にはするなよ。あまりにもヤバそうだったら、次は強制投獄だ。堂々と令状を取って逮捕するから、そのつもりでいろよ」

だが、仮にそうだとしたら、龍ヶ崎にとって花房と同じほど警戒が必要な人間が、身近にいたということだ。

決して敵には回したくない、そんな物騒な人物が――――。

「ああ。ここから先は、せいぜい派手な囮《おとり》になってやるから、そんな危なっかしい刺青マニアはそっちでも始末する努力をしろよ。そうでないと、こっちは背中で粋がることさえできなくなるからな」

今度こそ席を立つと、龍ヶ崎は傍に立つ花房を見下ろした。

「囮？」

「俺に教えたってことは、はなからそのつもりじゃないのか。ん？」

一方的にいじられるばかりでは性に合わない。

龍ヶ崎は、白く細い顎を摑むと自分のほうへ引き寄せた。

その目の色から本心を読み取ろうとする。

しかし、

「侃、ちょっといい？」

やけに軽やかな声と共に部屋の扉が開いて、ハッとした。

「⁉」

「！」

龍ヶ崎と花房が同時に振り返る。

「あっ…、ごめん。お客様だったんだ」

ばつが悪そうな顔をし、後ずさりをしたのは、みずみずしい小麦色の肌に金髪が映える長身でスレンダーな青年だった。

彫りの深い端正な貌を彩る深緑の目が、怪訝さを隠すことなく花房の顎を掴んだままの龍ヶ崎に向けられる。

しかし、龍ヶ崎には、その目がかえって今にも食ってかかってきそうな若獅子のもののように思えた。それほど彼は俗世に穢《けが》れていない、今日明日を生きることのみに執着する野生の獣のように見えて――――。

「もう、お帰りになるところだ。あとで部屋へ行くから」

「――――わかった」

しかし、そんな青年が、花房の目線一つ、言葉一つで言い聞かされて、すぐに扉の向こうへ消えていった。

「おい。ここって少年院だったのか？」

勝手にここを成人用の刑務所内だと思っていた龍ヶ崎は、驚きから素朴な質問を投げかける。

「今見たものは忘れろ。たとえ寝間の戯れ言であっても、誰かに言おうなんて考えたら殺す」

だが、これはよほど聞いてはいけない話だったらしい。

こうなると、龍ヶ崎が途中でアイマスクを強制されたのは、建物内への出入り口や通路をごまかすためではなく、この場所そのものを断定できないようにさせるためだったのかもしれない。

「刺青マニアよりお前のほうが何倍も物騒だ」

誰が言ったか知らないが、触らぬ神に祟《たた》りなしとはこのことだ。

龍ヶ崎は、突然飛び込んできた青年のために、知らなくていいことまで知ってしまった。それも花房にとって、明かすつもりがまったくなかったであろうことを――。

「それは、お互い様。なんにしても、そっちの迎えが来る前に本庁へ移動だ。けど、その前に……」

これは誘惑なのか、口止めなのか？

花房は改めて龍ヶ崎の肩に手を伸ばしてきた。唇が唇を誘う。

「あとが怖いからやめておくよ」

「徳叉迦竜王に恐妻家なんて似合わない」

龍ヶ崎が丁重に断るも、花房は納得しない。とことん自分を袖にするのかと、かえって不服そうだ。

「馬鹿を言え。こっちじゃなくて、そっちだ」

「私？」

「振り幅が広すぎる。あんな若いのにまで、しかも海外産にまで手を出しやがって。思い切り睨まれたぞ」

「ああ、そういうことか。でも、質は選んでるつもりだけど。さすがに〝あそこに龍〟を飼ってるような男には、いまだにお目にかかったことがないけどさ」

だが、龍ヶ崎が先ほどの青年のことを考慮して断った、二十歳にも満たないだろう青年に嫉妬されるのは、さすがに勘弁してほしいんだと言ったので、花房もようやく機嫌を直した。

たとえそれが龍ヶ崎にとって、真木を裏切らないための言い訳であっても、花房にとっては悪い気がしない。このあたりは妥協も含めての撤退だ。

「本当、お前もあそこの龍も極上だったよ。真木とかいう男は幸せだな。龍と竜王に一度に愛されるなんて」

「だといいがな」

その後は時間の関係もあり、話はここで終わった。

花房は、再び龍ヶ崎にアイマスクをつけると、部屋から車に乗せるまでの間は案内してきた。

「じゃあ、私はここで」

龍ヶ崎を車の後部座席まで送ると、身を引いた。

どうやら花房は、ここから一歩も出るつもりがないらしい。成人用か少年用かは定かでないか、窓に鉄格子がはめ込まれたような建物であることだけは間違いがないのに。

「なあ、花房。お前、表に出たいと思わないのか？　どんなにやりたい放題でも裏は裏だ。しかもここは檻の中。それで満足なのか？」

龍ヶ崎がふと聞いてしまったのは、好奇心だろうか？　それとも別の感情からだろうか？

いや、そんな簡単なものではない。

かなりの特権を持って務める国家公務員だろう花房が、今も昔もまったく日の当たらない場所に身を置いていることに疑問が起こったのだ。単純に、それで一人の人間としての欲は、男としての野心は、満たされているのだろうか？　と。

「表だろうが裏だろうが蛇が行く道は〝蛇の道〟だ。漢が行く道を〝極道〟とするのとなんら変わらないよ」

するとは花房は、さらりと答えを返してきた。

これが彼の、嘘偽りのない本心のようだ。

「そうか」

ならいいが――――。

龍ヶ崎は口元だけで小さく笑うと、この先二度と会うことはないかもしれない花房に、別れを告げた。

車のドアがパタンと閉まる。

それから先はここへ来たときと同様、適当に車が走り回ったところで、桜田門《さくらだもん》にある警視庁へと送られた。

まるでこの場で取り調べを受けていたかのように装われ、龍ヶ崎は正面玄関から解放される。太陽がすっかりビルの谷間に身を隠し始めていた。

「義純！」

龍ヶ崎の姿を見るなり、白いベンツから真木を筆頭に舎弟たちが飛び出してきた。

正面玄関の前は、龍仁会の車ですっかり取り囲まれている。

だが、龍ヶ崎が言いようのない悪寒を背筋に感じたのは、真木が両腕を伸ばしてきた瞬間で。

「伏せろ、真木！」

「っ!?」

龍ヶ崎は叫ぶと同時に真木へ飛びつき、その全身を庇《かば》うようにして地面に伏せさせた。

どこから乱射されても、真木には当たらない。

そんな姿に舎弟たちも血相を変えて立ちはだかる。

二十名近い男たちが四方から壁を作り、身体を張って二人の周りを囲む。そして各自が周囲を見渡し、確認していく。警戒心はマックスだ。

しかし、銃声はどこからも響いてこなかった。特に怪しい人間が寄ってくる様子もない。

「義純…？」

「悪い。勘違いだったらしい。さすがに本庁の前ではないよな」

いったいなんだったのだろうか？

どこかで誰かが見ている、狙っている気がした。

龍ヶ崎の全身には、今も鳥肌が立っている。口にはしたが、勘違いとは思えない。

舎弟たちに守られながら立ち上がると、龍ヶ崎は用心深く周りを見ながら真木に手を貸し起き上がらせる。

「――――いや、用心に越したことはないよ。あんたが龍ヶ崎義純である限り。俺たちが、極道である限り」

真木は、少しばかり顔を引き攣らせていたが、全身を使って庇ってくれた龍ヶ崎に言葉にならない感動を覚えていた。そっと両手を伸ばし、龍ヶ崎の腕に絡めて、肩に頬を寄せた。

「そうだな」

龍ヶ崎は、真木の肩を強く抱くと、その場から足早に移動して車に乗り込んだ。

〝可愛いイロや舎弟たちを巻き込むことになるぞ〟

〝なんの脅しにもならねぇな。テメェの命はテメェで守れと常に言ってある。まして真木は俺が選んだ漢だ。騒ぎに巻き込まれたところで、喧嘩上等って笑うだけだ〟

花房の脅しに対して、ああは言ったが、早急に手を打つ必要がありそうだ。

〝人聞きの悪い。私は本気で心配したんだ。鬼塚一慶の作が狙われている。それも保存状態のいいものがって耳にしたから――――〟

龍ヶ崎は、今一度花房と交わした話を思い起こして、今後の対策を練り始めた。

天才彫り師・鬼塚一慶の傑作・徳叉迦竜王が今になって生み出した恐怖を、じわじわと味わいながら――――。

3

龍ヶ崎が帰宅し、真木共々落ち着きを取り戻した時刻、あたりはすっかり暗くなっていた。

日中の騒ぎが嘘のように、今夜は静かで月が綺麗だ。

さすがに奥羽のように澄んだ夜空やきらめく星々が見られることはないが、代わりに早咲きの桜の花びらが夜風に乗ってチラチラと舞っていた。

これはこれで、とても風情がある。

二人は寝室の窓から庭先を眺め、春の宵《よい》を肴に寝酒を交わすことにした。

「佐原が司法から官庁・議員までのコネをフル稼働？　なるほど。どうりであっさりと帰されたわけだ。あいつ、本当に食えねぇな」

「ああ見えて母性本能をくすぐるタイプなのかもしれないが、背後にいる春日って特例判事補がすごいよ。祖父は大企業の会長で、父親は総理間近と言われる現職議員。司法と各官庁の幹部に親族がいるって、事実上日本が支配できるってことだ」

龍ヶ崎は、花房に圧力をかけた人間が誰だったのかを知ると、やはり佐原は只者ではなかったと苦笑した。

「あ、それが〝霞ヶ関の春日一族〟か」

「知ってたの？」

「檻の中にいると、いろんな話題も飛び交うからな。特に、ここまで面白い家族構成なら、一度耳にしたら忘れない。ある意味学校で政治経済や近代日本史をやるより、よっぽどすんなり頭に入る。春日に限っては、三権分立がなんの役にも立たない一族だって、笑った記憶があるよ」

しかも、自分のあずかり知らぬところで動いていた者が、想像以上に大きかった。が、真木からは聞かされた人間関係のおかげで、龍ヶ崎は花房の立ち位置がどれほどのものなのか、およそではあるが想像することができた。

酒を口に運びながらも考える。

今回の件、佐原経由で春日に調べてもらえば、コレクターの名前ぐらいは明確になるのだろうか？

それとも霞ヶ関の魔女さえ口を噤むようなレベルの相手なのか？

それがわかるだけでも今後の対応、そして警戒レベルも変わるはずだ。

「確かに――――。ものの見事に三権が統一されてるのが、春日一族だもんな。もっとも、公務に徹していて、やばいことには一切手を出さないからこその、歴史ある公務員家系ってことなんだろうけど」

「佐原と付き合ううちに、家ごと崩壊しないといいけどな。ありがたいはありがたいが、こんなことに絡んで動いて、せっかくの名家に傷がついたら大変だ」

しかし、佐原はともかく春日は公の人間だ。龍ヶ崎には〝巻き込んでいい相手〟だとは思えない。

それに、コレクターは〝花房が口を噤むほどの相手〟だということが、すでにわかっている。コレクターの話をしたがために、春日を余計なトラブルに巻き込んでは、目も当てられない。

龍ヶ崎は、春日を通してコレクターの正体を探ることは、考えないことにした。

「極道に堕ちた佐原と友人を続けているどころか、普通にSOSをキャッチしてくれるあたりで、取り込まれたのは佐原のほうかもしれないけどな」

しかし、そんな龍ヶ崎を前に、真木は盃を手にしながらニヤリと笑う。

「ん？」

「だってそうだろう。佐原に恩を売っておけば、朱鷺だけじゃなく磐田が動く。今回こうしてあんたを取り戻したことで、龍仁会や関東連合、場合によっては日本中の極道までもがいざってときに動かせるかもしれない。そうなったら、三権統一どころか表裏からの統一も夢じゃない」

「おいおい」と思わず龍ヶ崎の口から出た。

思考がいつもの真木のものとは思えない。佐原には悪いが、悪影響でも食らったかと心配になる。

「――――って、〝俺が春日ならそう思うところだけど、彼女にはそういう欲や野望がまったくないのがもったいない〟って、佐原が言ってたけどな」

「結局、一番腹黒いのは佐原かよ」

そういうことかとホッとするも、龍ヶ崎は改めて朱鷺の懐《ふところ》の広さを知った。

おそらく朱鷺は、日常的に佐原からこんな物騒な話をされているはずだ。それこそ鬼塚さえも失笑させる口調で、内容で、末恐ろしいことを淡々と。それにもかかわらず、佐原を妻にする前と後で朱鷺が著しく変わったという話は聞いたことがない。

ということは、もとから肝の据《す》わった男なのだろうし、言い換えれば〝あの佐原が堕とされた〟のだから、器の大きさもあったということだ。

まだまだ若い組長とはいえ、これは侮れないと龍ヶ崎は思った。が、そんな気持ちで飲み干した酒が不思議と美味《うま》かった。

心強い男の存在は、こんなところにも効果を発揮するらしい。

「いいオチだろう。ただし、佐原は腹黒いが心は無色透明だ。白にさえ染まっていない、そんな気がする。根底にある正義感に揺るぎもブレもない。きっと奴には奴なりに目指す〝極道〟があるんだろうな」

そういえば、真木もずいぶんと美味そうに酒を飲んでいる。

真木と佐原。共に気性が荒い者同士とあって、一生犬猿の仲かという心配もあったが、先日の飲み会に今日のことが続いてか、すっかり打ち解け合ったようだ。

「やけに褒めるな」

「俺は結果主義。奴はあんたを取り戻すために、できることのすべてをしてくれた。実際動いたのは春日かもしれないけど、俺には彼女は動かせないから」

「なるほどね」

真木の潔《いさぎよ》さは、理には適っていた。

それなのに、急に不安が込み上げてくるのは、やはり相手が佐原ゆえだろうか？　親しくなるのは構わないが、変な影響を受けるなよ。と、ついつい笑顔の下で龍ヶ崎は願ってしまう。

ここだけは、俺は朱鷺より小さい男だなと認めながらも。

「それで、任意の理由はなんだったんだよ？」

そうして、自分のほうの話が一段落すると、ほんのり頬を染めた真木が銚子《ちょうし》を手にして聞いてきた。

「記憶の隅にも残っているか、いないかっていう大昔の抗争話に絡んだことだな。現在進行中の事件にかかわっているんだろうが、あまりに昔のことすぎて――――さっぱり。それで、少しでも思い出すまでいてくれと頼まれただけだ」

龍ヶ崎は真木の酌を受けながら、何食わぬ顔で話す。

「極秘に？」

「表立って動けない相手っていうのは、誰にでも、どこの機関にもあるってことだろう。変に首を突っ込んでも、面倒が増えるだけだし…。そのあたりは、昔のよしみで聞き流したさ」

龍ヶ崎が本当のことを言わなかったのには、わけがあった。

「ようは、相手も義純の情に訴えるような人選で挑んできたってことか」

だが、さすがに真木も鵜呑みにしたようには見えなかった。

話そのものは受け入れているが、もっと他に何かあるだろうと勘ぐっているのが、その目つきでわかる。

「そんなところだな」

龍ヶ崎は、盃に満ちた酒を一気に口に含むと、真木の手を取り抱き寄せた。

酒と肴だけが載せられていた小さな膳が返ってしまうのも気にせずに、深々と口づけて含んでいた酒を真木のほうへ流し込む。

「――――んっ。なんだよ、急に」

一気に酒が回ったのか、それともキスで酔わされたのか、真木の顔が真っ赤になった。

「お前があんまり佐原を褒めるから、もやっとしてきたんだよ」

「わけ…わかんねぇ――――んっ」

こんなときの口上ほど当てにならないものはない。それはわかっているだろうに、真木は取ってつけたような龍ヶ崎の台詞《せりふ》に酔いばかりを増していく。

「奥羽で散々やったくせに…」

「そう言うお前だって、反応がいい」

キスをしながら、寝巻代わりの浴衣の裾を割ると、一気に欲情を煽られたのか内腿が震えた。

しなやかな筋肉で覆われた脚を撫でつけてやると、徐々に欲望が頭を擡《もた》げて龍ヶ崎自身をも熱くする。

「真木」

その場に真木を横たえ、龍ヶ崎が覆いかぶさった。

しかし、帯に手をかけるとギュッとその手を摑まれる。

「……なぁ。義純に話を聞き出そうとした相手って、婦警だったの？」

「は？」

いきなり問われて、首を傾げた。

「今日の相手。検察にしろ警察にしろ、机を蹴り飛ばしてくるようなおっさん刑事じゃない気がしてさ。あれ、移り香って言うの？　甘い香りしたんだよね。スーツの上着から」

これはこれで背筋が震えた。

じっと顔を見上げられて、龍ヶ崎は笑うしかない。

「そりゃ、トイレの芳香剤がきつかったせいだろう。安物が置いてあったからな」

最後の最後まで花房を袖にしてきたのは正解だった。

たとえキス一つでも交わしていたら、真顔でこんな冗談が言えたかどうか、龍ヶ崎も自信がない。

「ふーん。その言葉、忘れないからな」

「何を言ってんだか」

それにしたって、〝トイレの芳香剤〟は見え見えすぎた。すっかり真木はご機嫌斜めだ。

仕方なく、尖った唇に唇を合わせて、なだめにかかる。

「んっ、んんっ！」

だが、いつになく抵抗を見せる真木は、力任せに龍ヶ崎を押しのけると、そのまま体勢を入れ替えてきた。

「あんたは、それだけ人を惑わす存在なんだよ」

龍ヶ崎の腹の上に馬乗りになると、浴衣の襟を掴んで、力いっぱい開く。

「お前が鬼塚から乗り換えたぐらいだからな」

これで何をしようというのか、龍ヶ崎はかえって楽しくなってきた。

ついつい煽るようなことばかり言ってしまう。

「ちっ。嫌味にもならないのかよ」

腹立たしさが消えないどころか、増してきたのだろう。真木はプイと顔を背けて退こうとした。

もういいよ。寝るから。そんなふうだ。

「お前がそんな嫉妬めいた顔するなら、たまには女物の香水をつけてみるのもいいかもしれない」

「やっ！」

だが、龍ヶ崎にしてみれば、これで終わる気は毛頭ない。真木の片足を掴むと自分のほうへ引き戻した。

「ほら。浮気が心配なら、こいつに聞けよ。こいつはお前の僕《しもべ》だ。お前という住処《すみか》以外は受けつけない龍だからな」

上体を起こすと同時に体勢を崩した真木の頭を掴み、わざとその顔を股間に突きつけ、愛撫を強制する。

「どうだか――――……」

真木は、ふて腐れながらも手を伸ばすと、龍ヶ崎の浴衣の合わせを割った。

下着の中からシンボルを引き出すと、すでに勃ち上がり始めた龍を口に含んで、限界まで漲《みなぎ》らせる。が、口内いっぱいに息づくのを待ってましたとばかりに、真木は龍の頭に歯を立てた。

丁度亀頭の付け根を噛まれて、龍ヶ崎も思わず「痛っ」と声を漏らす。

「この野郎」

「あんっ！　何するんだよ」

こうなると可愛さ余って憎さ百倍だ。龍ヶ崎はそのまま真木をうつ伏せにすると、浴衣の裾をまくり上げた。

腰を摑んで四つん這いに近い状態にしながら、下着を下ろして真木の中へと入り込む。

「少しは楽しんでからと思ったが、そういう気分じゃなくなった」

「あっ――――っ」

準備の整っていない後孔にねじり込まれて、真木が悲鳴を漏らした。

「んんっ、義純っ！」

容赦なく腰をゆすられ、抗議とも喘ぎとも取れる声を上げ続ける。

「やっ、ぁっ、痛いって」

背後からのしかかる姿は、普段から凄艶な男をそれ以上に獣に見せた。

支配下に置かれた真木は、恨みがましそうな顔で振り返るも、ニヤリと笑われ憤慨するばかり。

体内の肉壁を擦り上げて行き来する龍ヶ崎に、奥歯を噛み締めて痛みが愉悦になるのを待つしかない。

「安心しろとは言わないが、俺はお前に夢中だよ。これは本当だ」

龍ヶ崎は、腰を抱えていた手を前に回すと、甘い言葉と共に真木のペニスを握り込んだ。

一瞬にして苦痛よりも快感が増したのか、真木が全身を硬直させる。

「真木、好きだ」

もう、何を言ったところで、まともに聞こえていなさそうだ。

後ろから前から激しく責められ、真木は完全に悦に浸っている。

「愛してるぞ」

それでも嬉しい言葉はわかるのか、真木は一足先に絶頂へ上り詰めた。

しっかり奥まで呑み込んだ龍ヶ崎を千切りそうな勢いで締め上げて、すぐに龍ヶ崎にもあとを追わせた。

精も根も尽き果てて眠り込んだ真木を布団に横たえると、龍ヶ崎は自分の乱れた浴衣を直しながら、しばらくは寝顔を見て楽しんだ。

『甘い香りしたんだよね、スーツから…か。本当のことを言わなくて正解だ。今も昔もこいつの洞察力や嗅覚は侮れない。徳叉迦竜王ならまだしも、鬼塚一慶の名を出したが最後だ。どこまで暴走するか、わかったもんじゃない』

真木に本当のことを言えなかったのには、わけがあった。

花房は知らずに伝えてきたのかもしれないが、〝鬼塚一慶の刺青コレクター〟と聞いて最初に危惧したのは、実は自分のことより鬼塚のことだった。

知れば真木なら龍ヶ崎と同じことを考える。それがわかっていたからに他ならない。

『おそらく一慶の遺作、究極の一作は徳叉迦竜王じゃない。天才彫り師一慶が唯一の息子に託した妻の像、鬼塚の背にある観世音菩薩《かんぜおんぼさつ》だろう。ただし、あれは特殊な刺青だ。知る者も実際見た者もごくわずかなはずの傑作だ。だが、それだけに知られていたら厄介だ。俺の龍より、よっぽどマニア受けしそうだからな』

龍ヶ崎は、静かに布団の脇から立ち上がると、部屋の出入り口である障子越しに立って声をかけた。

「誰かいるか？　いたら柳沢を呼んでくれ」

「はい」

ぼそりとつぶやいただけだが、障子を挟んだ廊下からは、待機していた舎弟の返事が来た。

柳沢が来たのは、それから一分も経たないうちだ。

「柳沢です」

「使える奴を数名選んで、気づかれないように鬼塚の護衛に回してくれ」

龍ヶ崎は、真木を起こさないように気遣いながら、静かに指示を出す。

「鬼塚総長にですか？」

「そうだ。何かのときには、俺だと思って死守しろと言ってな」

気がかりは一つでも少ないほうがいい。今のところ相手のターゲットは徳叉迦竜王のようだが、万が一を考えたら、油断はしないに限る。

もちろん鬼塚には、〝鬼若〟と呼ばれる精鋭部隊が昼夜問わずついている。

それを考えれば、この指示は鬼塚のためというよりは、龍ヶ崎自身が少しでも安心したいがための保険みたいなものだ。

「承知しました。立ち入ったことをお聞きしますが、それは本日の件と何か関係がおありで？」

「無関係とは言わないが、これといった確証がまだない。とりあえず今は黙って仕事ができる奴を回しておいてくれると安心できるって程度だ」

「わかりました。では、そのように手配しておきます」

特に詳しい説明をせずとも、察してくれる柳沢がありがたい。

「柳沢」

「くれぐれも真木さんには内密に。ですか？」

「そういうことだ」

本当に、なんでもお見通しのようだ。

だが、ここまでぴたりと言い当てられると、少しばかり照れくさい。龍ヶ崎は、会話が障子越しでよかったと思う。

きっと今の自分は、組長らしからぬ顔をしている。

無防備な姿で眠っている真木の姿と同じほど、舎弟たちには見せられないものだ。

『さてと――――あとは、あいつだ』

それでも廊下から柳沢の気配が消えると、龍ヶ崎は寝室の奥間にあるクローゼットに、スーツの内ポケットに入れっぱなしだった携帯電話を取りに行った。

『用心するに越したことはない。ついでに言うなら、敵を待っているだけっていうのは性分に合わないからな』

鬼塚の他にもう一人、気にかかる人物に連絡を入れた。

＊＊＊

『結局、三日続けてやられっぱなしかよ』

起きた早々身体に残っただるさを感じて、真木は失笑気味だった。

龍ヶ崎と共に事務所に出向くも、いまいち覇気が戻らない。

連日の疲れが一気に出たのかもしれない。

思えば飲み会から逃亡生活、そして捕まった挙げ句に龍ヶ崎の任意同行騒ぎだ。

これだけだって十分疲労が残りそうなものなのに、トドメが昨夜の一戦だ。

いったい何回イッたのか、イかせたのか、覚えていない。

ただただ激しく責められた。真木にはその記憶しかなかったぐらいだ。

『獣め。今になって発情期なのか？　涼しい顔しやがって』

真木は事務机に向かって、完全に突っ伏していた。

龍ヶ崎も、久しぶりに警察に出向いたせいで、ストレスでも溜まったのかもしれない。

だが、だとしたら「それは俺のせいじゃないだろう」と言いたい。

しかも、いったいいつそんな予定が入ったのか、龍ヶ崎は突然「出かけてくる」と言い出し、事務所を出ようとしている。

真木が「これから付き合ってほしいところがある」と希望したにもかかわらず、さほど急ぎとも重要とも思えない事務仕事を言いつけてきて、ほとんど強制留守番だ。

「じゃあ、行ってくる」

「行ってらっしゃいませ」

真木は、柳沢を含む側近三人を連れて事務所を出て行く龍ヶ崎が、どうにもこうにも腑に落ちなかった。

姿や様子を見るだけなら、普段となんら変わらない。上質なスーツを着込んだ龍ヶ崎は、相も変わらず銀座のベテランホストか大御所の芸能人風だ。

間違ってもサラリーマンには見えないし、企業主というには無駄に色気がありすぎる。

側近がいなければ、極道にさえ見えないほどだ。

だからというわけではないが、真木は自分に留守番を言いつけて出かけた龍ヶ崎の行き先がいつになく気になった。

昨日の今日だ。何か目的を持って動いていると思っても不思議はない。誰かと密会という可能性もある。

「どうですか、真木さん。うちの若いの、会計士の資格取らせたんで、特に不備はないと思いますが」

「それはいいから、俺にも車を出せ。義純たちのあとをつける」

「は⁉　それはどういう…」

「いいから早くしろ」

「はい！」

真木は、自分についている若い側近に指示を出すと、同時に形ばかりの作業をしていた事務のソフトを閉じて、パソコンの電源を落とした。

「見つからないように、一定の距離を保てよ。スモーク張りの白ベンツなんて、そうそう走ってない。これで逃したら、罰金だからな」

命令されれば聞くしかない側近三人を同行させて、探偵の真似事でもするように龍ヶ崎のあとを追う。

「あの～、真木さん。こんな尾行、組長に気づかれたら、またお怒りを買うのでは？」

とはいえ、真木についている側近は、腕っ節は確かだが比較的に若く、龍ヶ崎の側近たちを「兄貴」と慕っているような者たちだった。

こんなことがバレたら、自分たちだって兄貴や組長に怒られるとビクビクだ。

そうでなくとも逃亡騒ぎのあとだけに、今度こそ指を詰める覚悟がいるぞと、顔が引き攣っている。

「気づかれたら偶然でまかりとおすだけだ。そこは俺に任せとけ。とにかくお前らは見失わないことと、見つからないことだけを考えとけ！　いいな」

「…はい…」

もちろん、真木に対して逆らえない、行動を止めることができない舎弟ばかりをつけてしまったのは龍ヶ崎のミスだ。

かといって、今の真木では柳沢でもたしなめることは不可能かもしれない。

なぜなら――――。

〝義純。昨日の件で佐原のところへ礼に行こうと思うんだけど、よかったら一緒に来てくれないか？　顔を見せるだけでいいからさ〟

〝それなら帰りに寄ってくるのでも構わないか？　これからちょっと出かけなきゃならないんだ〟

〝これから？　なら、俺も…〟

〝いや、お前は残って帳簿の確認をしておいてくれ。何日も続けて留守にしたし、定期的に見ないと。な〟

〝ああ…、ん〟

真木は、昨日の今日で佐原への礼が後回しになるような用事があるとするなら、よほどのことだと思っていた。

たとえ誰かに会うとして、それが鬼塚であったとしても、このタイミングならやはり佐原への礼が先だろうし、実際龍ヶ崎の価値観から考えてもそうなるはずなのだ。

まさか春日に直接礼を言うなんてことがない限り、「昨日は世話になったな」と一言挨拶するのは、やはり佐原にだろう。

それがあとに回され、自分の同行さえ許されなかったことで、真木はいつになく疑心でいっぱいになっていた。

『そういや朝から柳沢もこそこそしてたし、使える顔が何人か消えていた。昨夜だって、移り香のことを聞いたら、途端にあれだし…。まさか、この先に〝セクシー婦警〟とかが待ってるんじゃないだろうな？』

龍ヶ崎に限って——とは思うが、こう目につくことが続くと、どうしても気持ちが乱れてしまう。これまで互いに隠し事なく過ごしてきた分、ほんの少しのごまかしが真木を不安にさせるのだ。

「真木さん。組長の車が入っていきましたが、どうしますか」

しかも、真木の心情を煽るように、龍ヶ崎の車は老舗《しにせ》の高級ホテル・マンデリン東京に到着した。

豪華絢爛なエントランスに見劣りすることのない白のベンツがぴたりと停まり、礼儀正しいベルボーイに扉を開かれると、龍ヶ崎は運転手以外の側近二人を連れて降り立った。

誰が見てもハンサムで長身な男だけに、現れただけで他を圧倒する。

習慣的にかけられたサングラスや、警戒するように周りをチラリと見渡す仕草が、いちいち様になっていて真木はなぜかイライラした。

「うわ！　ハリウッド映画の俳優みたいですね。やっぱ、うちの組長はカッコイイっすね〜。身内贔屓《びいき》抜きにしても関東一の、いや日本一の色男ですよね。なんでこんな昼間っからホテルが似合っちゃうんだろう。ね、真木さん」

はしゃぐ舎弟に罪はないが、真木はついつい感情のまま運転席の背面を蹴りつけた。

「なんで?」

「黙れ！　今は余計なことを言うな」

どうやら助手席に座っていた舎弟は、真木のイラつきの原因に気づいたようだ。

「ランチですよ、ランチ。どこかのお偉いさんと談合ですって。ほら、日中のほうが、なんとなく世間の目もごまかしやすいし」

後部座席で同乗していた舎弟も、どうにか龍ヶ崎がかけられていそうな疑いから、話を逸らそうと必死だ。

「んなの、中まで行けばわかることだよ」

だが、なだめた舎弟の努力の甲斐もなく、真木はホテル手前の路上で車を降りると、そのままエントランスへ向かって走った。

「あ、真木さん！」

運転手以外の舎弟たちが、慌《あわ》てて車を降りてあとを追う。

こんなところで万が一にも襲撃されたら、庇いきれない。舎弟たちの血の気が引いた。

だが、そこはさすが下っ端からの叩き上げという真木だった。しなやかな豹《ひょう》のように走り抜けると、あっという間にホテルの中へ入っていく。

軽く着込んだカジュアルスーツの上着がはためき、その姿だけを見るならドラマのワンシーンようだ。本人が聞いたら激怒すること間違いないが、若手刑事のように見えなくもない。

「真木さ…っ」

舎弟たちが追いつくと、真木は吹き抜けのエントランスフロアを支える柱の陰から、龍ヶ崎たちの様子を窺っていた。

「しっ」

「あ、はい」

静かにしろと合図されて、舎弟二人も固唾を呑む。

『フロントに直行――――ちょっと待て。チェックインってどういうことだよ。本当に会食や談合じゃないのかよ』

しかし、「ちょっと出てくる」だけにしては明らかに不要な行動を目にすると、真木は舎弟が止める間もなく、その場から飛び出した。

柳眉をつり上げ、足早に近き、これこそ「現行犯逮捕だ」と言わんばかりに龍ヶ崎の許へ向かっていく。

「――っ！」

あまりに猛進しすぎたのか、男性客に肩をぶつけた。

「あ、失礼」

「いえ、こちらこそすみませんでした」

先に謝られてしまい、かえって恐縮してしまう。

「どういたしまして。転ばないように気をつけてくださいね」

見れば相手は中年の外国人だった。仕立てのよい三つ揃いをスマートに着こなし、褐色の肌にインテリジェントな眼差しがよく映える。

『東南アジアというよりアラブ系？　日本語うまいな～。って、それどころじゃない。見失っちまうよ！』

簡単な英語さえ話せない真木にしてみれば、流暢な日本語を操る外国人というだけで、博学に見えた。こんなときでなければ、もっとあれこれ想像してしまいそうだが、龍ケ崎がフロントから離れるのを見ると、気持ちはすぐに切り替わった。

『まっすぐ客室に向かうのか？』

周囲を気にかける側近たちに気づかれないよう、真木や舎弟たちもあとを追う。

だが、エレベータに乗り込まれると、そこへ同乗はできない。

いったん足を止めると、真木は舎弟の一人に指示を出した。

「おい。運転手のふりしてフロントで聞いてこい。車を停めてきたんですが、今チェックインした龍ヶ崎の部屋は何号室になりましたかって」

「――――はい」

いつもならこういった場合、側近の誰かが直接運転手に連絡をする。

なので、運転手もわざわざフロントに手間をかけることなく、部屋へ直行してくる。

「わかりました。二四〇一号室だそうです」

急いで返事を持って戻った舎弟の言葉で、真木は部屋の番号と同時に龍ヶ崎が実名で部屋を取っていたことを確認した。

「二十四階、エグゼクティブフロアか」

これで、あとから駆けつけるだろう運転手に見つかっては意味がない。

おそらく駐車場から一番近い出入り口を使っているとは思ったが、今一度フロアを見渡し、乗り込むエレベーター内までしっかり確認してから、真木は龍ヶ崎のあとを追い直した。

『けっ。専用フロントがある。こうなったら堂々と知らん顔して通り過ぎるしかないか』

到着したのは通常の客室フロアとは違う造りの階だった。

全室スイートルームという特別仕様の階だけに、専用のフロントにはコンシェルジュ、その上サービスラウンジまでもがエレベーターフロアの脇に設置されている。

真木は舎弟二人を従え堂々と、それらの前を通り過ぎて二四〇一号室へ向かった。

まっすぐに伸びた通路を足早に進んで、かなり広い間隔でしか現れない扉で部屋番号を確認しながら一番奥までたどり着く。

『正面の部屋か。もしかして、もう先に誰か来てるのか？　それともこれから来るのか？』

通路が切れると、乗ってきたエレベーターのフロアと、ほぼ同じ造りのフロアが現れる。

専用フロントやラウンジはないが、ソファセットが何組か置かれており、宿泊客が自由に使えるようになっている。

この場に直接降りることのできるエレベーターもあり、チンと音がすると、到着したエレベーターの扉が開いた。

『やべえ！』

咄嗟《とっさ》に近くにあったソファセットの背後に隠れて、様子を見る。

降りてきたのは龍ヶ崎の運転手と、彼が案内してきたらしい着物姿の男だった。

二人は真木の動揺をよそに、龍ヶ崎が取った部屋へ入っていく。

『誰だ、あいつ？』

相手は記憶力には長けた真木が見ても、まったく覚えのない者だった。

これがむさくるしい親父、見るからに腹黒そうなお偉いさんなら鼻で笑って「帰るか」と言うところだが、部屋の中へ消えていった男は、やけに整った顔立ちをしていた。

肩にかかる髪を後ろで一つに結んでいる。身体のシルエットも悪くない。年は龍ヶ崎と同じぐらいだろうか、総称するなら綺麗な男だ。

慣れた着こなしを見る限り、普段から着物姿でいるのが見てわかる。

何かの職人か、芸道をたしなむ者なのか、まさかどこかの組の者じゃないよな？　と想像するも、真木にはピンとくるものが浮かばない。

「お前ら、今の男を知ってるか？」

とりあえず、自分よりも長く龍仁会にいる舎弟たちに確認してみた。

二人揃って首を横に振る。どこか気まずそうな目をしている。

「ってことは、組員公認の相手じゃないってことだよな」

「でも、組長つきの兄貴たちも同席してますし…」

舎弟たちもどうにかして龍ヶ崎にかかっている疑惑を晴らしたい。というよりは、単純に二人が争うようなことにならないよう、まずは真木を落ち着かせたいのだろうが、彼らが龍ヶ崎を庇えば庇うほど真木はへそを曲げていく。

「この階、スイートルーム専用。別室で待機も可能ってことだ」

「ま、真木さん…。そんな怖い顔…似合いませんって」

「一人、残っておけ。動きがあったら連絡をくれ」

あたりに人気《ひとけ》がなくなったのを確認すると、真木はスッと立ち上がった。

「あの、どこへ⁉」

「フロント」

舎弟一人を同行させつつ、目の前のエレベーターに乗り込むと一階フロアへ移動する。

『こうなりゃ、一か八かだ。駄目もとだ』

降りた場所が違うため、今度は一階フロアで、フロントを目指して猛進する。

つき添う舎弟は、今にも泣きそうな顔で、スーツのポケットから携帯電話を取り出すか否かを迷っていた。

最悪の事態に備え、柳沢あたりにメールの一本も送るべきか、そうとう悩んでいるようだ。

「すみません。二四〇一号室の龍ヶ崎の連れですが。何か急ぎの用ができたみたいで、部屋にいないんです。中で待ちたいんですが、スペアキーをお願いできますか？」

そうこうするうちに、真木はフロントに駆け込むと一か八かの賭けに出た。

連れを装い、どうにか部屋の鍵をゲットできないかと試みたのだ。

「かしこまりました。お名前をいただけますか？」

「真木です」

当然のことだが、名前を確認されて、仕方なく名乗った。

駄目なら自分の勘違いでまかりとおそう、部屋には力ずくで乱入しよう、そう決めて。

「ご利用ありがとうございます。真木様。こちらがスペアキーになります」

「ありがとう」

だが、ここは意外にあっさり鍵を手に入れることができた。

真木はかえって驚くが、それでも出された鍵を手にすると、急いで部屋へ舞い戻る。

「いい度胸じゃねぇか。俺の名前を使って、堂々と他の男と密会か？　義純の奴っっっ」

舎弟は追いかけるのに必死で、携帯電話からメールを打つ間もない。

エレベーターに乗り込んでしまったら、ポケットから出すことさえできなくなる。

「真木さん、真木さん、落ち着いて。そんな、いつものことじゃないですか。むしろいつもどおりにされてるってことは、組長にやましい気持ちがないってことだと思いますが」

「だったら俺が乗り込んだところで、何の問題もないだろう。俺は龍仁会の幹部の一人だ。妻だの姐だのってのを抜きにしたって、大概の場所に同伴可能な立場だ」

「いや、しかし――――、でも」

組長の馬鹿！　浮気するならもっとうまくやれ！　せめて女相手にしろよ‼

言えるものなら言ってみたいだろうが、舎弟はひたすら口ごもる。

「うるせぇ。実家に帰るぞって言わせたいのか」

「それだけは勘弁してくださいよぉ～っ。組長の面子《メンツ》もあるんですから～っ」

「だったら何も言わずについてこい。お前ら、俺のために死ねるんだろう」

「そりゃそうですが…」

それとこれは違います！

そうはっきり言い切れるぐらいなら、ここに来るまでに真木を止めている。

二十四階に到着するなり、スペアキーで部屋へ乱入することもないはずだ。

「え⁉」

「な、真木さん！」

突然開かれた扉に、驚いたのは龍ヶ崎つきの柳沢と舎弟二人だった。

「しっ。義純は寝室か？」

「いや、あの…今は誰も通すなと」

無駄に一号室とついてはいない。この階で一番広い部屋なのだろうスイートルームは、足を踏み入れた段階で、最低でも三部屋から四部屋はあるだろうことが真木にもわかった。

柳沢たちも、出入り口に一番近いフロアから続くリビングに待機していた。そのために、真木が踏み込む気配さえ感じられなかったのだろうが、顔を見るなり右往左往だ。

柳沢が慌てるぐらいなのだから、舎弟たちがどうこうできるような状態ではない。

「ふーん。誰も、ね」

「いや、ですから真木さ…！」

真木は、足早にリビングを抜け、ダイニングを通り抜けると、途中にあったキッチンや客間、バスルームを横目に更なる奥を目指した。

「失礼」

まるでマンションの部屋のような造りになっているスイートルームの廊下で行き止まると、メインの寝室と思われる扉を勢いよく開く。

「――――！」

すると、部屋の中央に置かれていた四柱式のキングサイズのベッドの上に、ほぼ全裸になっていた龍ヶ崎がうつ伏せで寝ていた。その腰あたりには先ほど見かけた綺麗な男が襦袢《じゅばん》姿でまたがっており、何食わぬ顔で真木を見て「何？」と聞いてくる。

「誰だ？　当分入ってくるなって言われなかっ――――真木？」

龍ヶ崎も、かったるそうに身体を起こした。真木の姿に驚く。

「――――」

真木は黙って唇を噛むと、その場で身を翻して、今来たばかりの廊下を戻っていった。

「真木さん！」

舎弟や柳沢が止めるのも聞かずに、部屋を飛び出す。

『なんだ？　今の。見間違いじゃないよな⁉』

よもや、まさかと疑心に煽られ踏み込んではみたが、ここまであからさまな場面は想像していなかった。

龍ヶ崎が男の上に乗っていても腹が立つだろうが、逆に乗ることを許していたのにはもっと腹が立った。

しかも、相手の男は愛おしげに徳叉迦竜王を撫でていた。

『あれは俺のものじゃないのかよ⁉　この先に撫でられるのは下の龍か？』

真木は憤るのと同じぐらいショックで、言葉もない。

最悪怒鳴るか殴りかかるかすると思っていたのに、逃げ出すことしかできないなんて、自分自身にも驚きだ。

目頭《めがしら》が熱い――――。

「あっ」

「痛えな！」

自然と滲んだ視界のためか、エレベーターに駆け込もうとして、その手前で誰かにぶつかった。

完全に八つ当たりとわかる声を荒らげて、ますます自己嫌悪に陥っていく。

「失礼。今日はよほどご縁があるようですね」

驚いたように言葉を返してきたのは、先ほど一階のフロアでもぶつかった外国人の紳士だった。

「…っ。すみません。一度ならず二度までも」

偶然にしても、ばつが悪い。真木は相手の顔がまともに見られない。

「いえ。この際三度目も期待してますから、どうか他の方にぶつかることがないように」

「あ…。すみません。本当に…」

相手は終始紳士的で、真木からは謝罪以外何も出てこない。

二度、三度と頭を下げてから、エレベーターに乗り込もうとした。

「——っ！」

だが、がっちりと肩を摑まれて、しまったと思う。

「真木さん。組長がお呼びです」

「どうか我々と一緒に部屋へ戻ってください」

追いかけてきたのは自分つきの舎弟たち。すでに半泣き状態だ。

これを振り切って逃げられるほど、真木も自分勝手ではない。

「お願いします」

しょうがねぇな。それだけを口にすると、真木は言われるまま龍ヶ崎の許へ戻った。

二度もぶつかってしまった外国人の男性は、そのまま黙ってエレベーターに乗り込んでいった。

真木が部屋に戻ると、龍ヶ崎はズボンを身に着けた程度の姿で、上半身は裸のままだった。

「は？　一慶の作品のリストと引き換えに、背中の刺青が見たいっていうから見せていた？」

「ああ。どうしてもリストが必要になってな。ただ、作品リストはイコール先代から受け継いだ大切な顧客名簿だ。そうそうなことじゃ見せられないって言うんで、仕方なく」

火を点けた煙草を片手に、龍ヶ崎は真木共々立ち話。

傍でソファに腰をかけているのは、天才彫り師一慶の名を継承した二代目だと説明された。

だが、真木にはいまいち事情が呑み込めない。

龍ヶ崎がすでに他界している一慶の作品リストを手に入れたいというのは、何かの事情が発生したのだろうと理解できる。それを持っているのが二代目一慶だった。だから、こうして会っていた。それは理屈が通っている。

だが、そんな大事なものを見せるに当たって、一慶が要求した代償が理解できない。

これが〝金〟ならまだわかる。双方に鬼塚という知人がいることから厚意で、無償で提供というのもわかる。

しかし、一慶が求めたものは龍ヶ崎の背中に宿る徳叉迦竜王だ。

それも写真に撮るわけでもなく、ただ見るだけ。多少触ったりはしていたかもしれないが、それが顧客名簿と引き換えになるのかと疑問が残る。

「ただ、普段の状態だけじゃなく、熱くなったときの発色が見たいと言われても、生憎簡単には熱くなれなくてな。実は丁度お前を呼びに行かせようと思ってたところだったんだ」

「は？」

これは明らかに龍ヶ崎の説明不足だ。

「来い」

「え⁉」

だが、ここで説明を求めている間もなく、真木は龍ヶ崎に腕を摑まれると引っ張られた。

いったいどこへ連れていくのかと思えば、広々とした豪華なバスルーム。

龍ヶ崎は人目を避けるようにして洗い場に真木を連れ込むと、ズボンの前を寛げた。

ここで「咥えろ」「しゃぶれ」と言ってきたのだ。

「なっ、なんの冗談だよ」

「こんなときに俺が冗談なんか言うか」

「でも――――んっ‼」

ますますわけがわからない。だが、たいした抵抗もできないうちに再び腕を摑まれると、真木は龍ヶ崎の足元に膝をつかされ、口の中にペニスを押し込まれた。

あまりの強引さに、カッとなる。

「これでも二代目に〝なんなら一戦交えてもいいぞ〟と言われたのを、丁重に断ったんだ。律儀だろう」

「何が律儀だ。それって、刺青にかこつけた浮気――――んんっ」

「ほら、もっと本気出してしゃぶれって」

気持ちだけなら激怒しているはずなのに、真木は口内を龍が行き来するうち、頭どころか身体の隅々までもが熱くなってきた。

「こんな…ことするなら、んく。シャワーでも浴びろよっ。うんと…んんっ。熱いやつ…んっ」

乱暴な展開、行為、それにもかかわらず傍若無人の限りを尽くす龍ヶ崎が悩ましい。

「それじゃあ、中から熱くなったことにならないだろう。本当なら鬼塚の背中がご所望だったところを、こっちで我慢してもらってるんだからよ」

「――――っ、なんだよ、それ!! それってあんたが総長の身代わりってことかよ」

「いや。そういう意味じゃないが…。まあ、詳しいことはあとだ。とにかく今は俺を熱くしろ。お前じゃなきゃ駄目なんだから」

取ってつけたような台詞にドキリとさせられ、真木は自分の股間まで反応させてしまう。

それを見抜いているのか、龍ヶ崎は真木の頭をいっそう自分に寄せながら、利き足を真木の股間へ置いた。

「あんっ…ん。なんだよ、もう…自分だけよければ、それでいいのかよっ」

ギュッと押しつけるように踏みつけられて、真木は文句にしてはずいぶん甘い声を発する。

「お前をよくしてやったら、どんだけ外の奴らに迷惑をかけることになるか、想像がつくからな」

「はぁっ、んんっ――――んっ！」

こんなに屈辱的なことはないはずなのに、真木は龍ヶ崎のペニスを愛撫しながら感じ始めていた。

「まあ、こうなったら、大差ないか」

「んっん‼　やっ、そんな…っ」

ぎゅうぎゅうと股間を責められ、息も絶え絶えになりながら、近づいてくる絶頂感に身をゆだねそうになる。

「はぁっ。はあっ…っ。も…っ」

「そら、フィニッシュだ」

それは龍ヶ崎のことなのか、真木のことなのか。

「――――んん…っんっ」

真木はひときわ強く踏みつけられると、我慢できずに射精した。

同時に口内からペニスが引き抜かれ、愉悦に満ちた顔に白濁を撒かれて息を呑む。

『最低…っ』

なま温かいそれの匂いが鼻をついて、余計に興奮が高まった。

全身がわななき、震え始めて止まらない。

もっと、ちゃんとしっかり抱いてほしいと、口にしないまでも願いそうになる。

「ありがとうよ。お前はゆっくり風呂にでも浸かっておくんだな」

しかし、龍ヶ崎はさっさと自分の物をしまうと、その場で真木に背を向けた。

あまりのことに脱力するも、真木が目にした徳叉迦竜王は、いつも以上に色鮮やかな姿をしているように見える。

体温の上昇で違いが出るのは、こういうことなのだろうか？

ようは、一慶が見たがったのは、この状態の刺青？

だが、だとしたら、この場から消えた徳叉迦竜王の代わりに目にしたガラス張りのミストサウナコーナーには、いったいなんの意味があるのか？

「絶対に、あれでもよかったはずだよな。義純の奴…っ。取ってつけたようなこと言いやがって」

真木はその場に完全にへたり込むと、ついついぼやいてしまう。

かといって、このまま一慶や舎弟の前に出て行く根性はなく、真木は開き直ったように服を脱ぐと、ミストサウナの温度を設定し、スイッチを入れた。

先にシャワーを浴びて頭から身体に残る欲情を流すと、あとは誰かが呼びに来るまでサウナで汗を流すことにした。

＊＊＊

「結局なんの役にも立たなかったのかよ！」

すっかり火照《ほて》った身体にバスローブを着込み、真木は龍ヶ崎に向かって怒鳴った。

用がすんだ一慶は、すでに柳沢と舎弟の一人に送られ自宅へ戻っている。

「いや、そんなことはない。やっぱり今更見ても、使われた染料の詳細までは、わかるもんじゃない――――ってことは、明確になったらしいからな」

龍ヶ崎は、備えつけの冷蔵庫から冷えたシャンパンを取り出した。そして自らコルクを抜いて、真木のご機嫌取りに奔走している。

「染料？」

「そう。二代目一慶が見たかったのは、俺の肌でもなければ、徳叉迦竜王でもない。初代の技法、特に使われた染料の謎。それだけだ」

先ほどまで一慶が座っていた、ふかふかのリビングソファには真木がどっかりと腰を下ろしていた。

龍ヶ崎は真木に冷えたシャンパングラスを差し向け、受け取らせると琥珀色の美酒を注いでいく。

「染料の謎？」

「ああ。お前には以前話したことがあっただろう。どうして初代一慶が天才と呼ばれ、またミステリアスな彫り師だと言われているか」

「ん…。確か、初代一慶の刺青は色落ちしないいんだったよな？　普通は何年かに一度色入れしないと褪《あ》せてくるのに…。それがないから、特別だって。天才彫り師って呼ばれてるって、あれだろう？」

「そう。元の絵も確かに芸術性が高いと評価されていたが、天才の名をほしいままにしたのは、やはり初代一慶が独自に編み出したと思われる特殊な彫りの技術だからな」

グラスが満たされると、乱暴な態度はとれない。

真木はせっかく注いでもらったそれを零さないよう、自然と言動が落ち着いたものになる。

そして、会話の途中ではあるが、龍ヶ崎に「飲めよ」と目で合図されたので、グラスに口をつけた。火照った身体と渇いた喉に、極上な一杯が沁み渡る。

「はー」

思わず一気飲みしてしまった。

龍ヶ崎は真木らしい飲みっぷりを見て、ご満悦だ。自分はそのままラッパ飲みに及ぶ。

「それで、だ。二代目一慶はその技術のほとんどを受け継いでいるが、唯一伝承を許されなかったのが〝化粧彫り〟に関することだったんだ」

喉が潤うと、話の続きを話しながら真木の隣へ腰を下ろした。

中身が半分ほどになったボトルから、真木のグラスに二杯目が注がれる。

「それって、鬼塚総長の背にある観世音菩薩のこと？」

「そうだ。あれに関しては一部の人間しか見たことがないだろうし、存在も知らないだろうが…。

初代一慶の最高傑作であり、遺作なんじゃないかと思う。で、二代目が何をどうやっても再現できないのが、あの〝化粧彫り〟らしい。おそらく染料に秘密があったんだろうとは予想していたがな」

思えば真木は、龍ヶ崎と出会うまで鬼塚一慶という彫り師の存在どころか、その天才ぶりさえ聞いたことがなかった。

初代一慶の息子である鬼塚は、真木に余計なことは一切言わないタイプだし、背中の化粧彫りに関しても、「これが特殊なものだ」とは一度も口にしなかった。そのために真木は、同じ初代一慶の彫り物を背中に背負い、なおかつ幼い頃から鬼塚とも家族ぐるみで付き合っていたらしい龍ヶ崎から説明を受けるまで、このことをまったく知らずにいた。

本来なら体温と共に浮き上がる刺青などフィクションだ。似たような効果を狙ったもの、代用的な彫り方をされたものは実際あるにしても、鬼塚の観世音菩薩ほど綺麗に浮かび、また消える刺青など本当は存在しない。科学的にも医学的にも立証するのが難しい、魔法か奇跡の産物なのだと知ることさえもなかったのだ。

「なるほどね。で、謎の解明のヒントになればと思って、二代目があんたの背中を見たがった。普通の刺青でも、体温の上昇で特別な変化があるかどうか、そこが知りたかったわけだ」

「そんなところだな」

しかも、真木はここで新たに一慶について知ることが増えた。

二代目がいることは、どこかで聞いた覚えがあるが、そんな二代目さえ受け継いでいない技法があったこと。そのことがいっそう、鬼塚の背に価値を生むだろうし、場合によっては危険も生むだろうということだ。

人は、たった一つしかないものに対して貪欲だ。

秘密めいたものなら尚更だ。

このことが、何か新たなトラブルを呼ばなければいいのだが――――。

そんな危惧を紛らわすように、真木は二杯目のシャンパンを飲み干した。

「それで、あんたが作品リストという名の顧客名簿を欲しがった理由は？　問題はむしろこっちだよな？　それって、昨日の任意同行と関係してるんだろう」

そうしてグラスを唇から離すと、話の視点を切り替えた。

真木は、二代目一慶が龍ヶ崎の背中に興味を抱いた理由や経緯は理解した。

だが、それは今のところ龍仁会に害がない、せいぜい真木がやきもきする程度だ。

しかし、龍ヶ崎の興味が初代一慶の作品や、顧客名簿に向けられた限り、組のほうがなんらかの影響を受ける可能性がある。

そうでなくとも初代一慶の作品にはコレクターがいる。このことは真木も、出会った当初に龍ヶ崎から聞かされた。

もっともそのときは、徳叉迦竜王に魅入られた真木の目が高いと、褒める意味での説明に過ぎなかったが――――。

「昨日、事情聴取のついでに〝ハードな一慶コレクターが現れた〟っていう情報をもらったんだ。そいつは今現在あるものを、根こそぎコレクションに欲しがっている。刺青は何をどうしたところで、持ち主の老いと共に劣化するのが運命だ。たとえ何年経っても色褪せないと言われる初代一慶の作でさえ、持ち主の老化に関してはどうすることもできない。だから、その前に永久保存しようって企んでるらしいってな」

やはり、これはただ事ではすみそうにない。

真木は龍ヶ崎の説明に息を呑んだ。

「それってまさか、刺青だけをどうにかしようっていうことか」

「皮膚を剝いで標本化っていうのが一般的だな」

「とっ捕まったら、勝手に手術されるとか？」

「それで綺麗に剝がれるなら、最先端医学をもってしても刺青を彫る前には戻せない、消したあとの皮膚の完全蘇生は不可能だなんてことはないだろう。しかも、刺青の標本を作ろうと思ったら、遺体をしばらくはホルマリン漬けにしないと、うまく皮膚は剝がせないみたいだしな」

「――――そうなんだ」

龍ヶ崎は淡々と説明してくれたが、想像したら痛いだけじゃすまない。

真木は背筋がぞっとした。

話だけでもこんなに恐怖と嫌悪感を覚えるのに、龍ヶ崎は自分の背中が狙われていると知らされたとき、いったいどんな気持ちだったのかと思う。

「ただ、リストを見る限り、初代一慶が手がけた客は大半が極道な上に、当時幹部だったような年齢の奴がほとんどだ。初代一慶はそうとうな愛妻家で、妻以外の女の肌には触れないっていうのが身上だったから、どんなに〝情婦《イロ》に入れてほしい〟と頼まれても受けたことがない。そうなると、持ち主は還暦越えているような男ばかり。その上、服役中やら抗戦中に他界している者もいるとなれば、自然と今のうちにコレクションしたい保存状態のものが限られる」

「もっとも狙われるのは、あんたや鬼塚総長ってことか」

しかも、話が進むうちに真木は手にしたグラスを滑らせた。

「顧客の中に、今四十前って奴は十人もいないんだ。しかも、背中一面に〝絵〟と呼べるほど彫った奴となると、その半分以下だからな」

「じゃ、すぐに連絡しなきゃ」

「待て!! だからお前には言いたくなかったんだ。鬼塚が絡むと目の色を変えやがって」

「そんなこと言ってる場合じゃないだろう」

慌てて立ち上がったはずなのに、力任せにソファに引き戻されて、つい口調が荒くなる。

「なら、話をちゃんと聞いていたのか。鬼塚の背中にあるのは〝化粧彫り〟だぞ。そもそもリストにも載っていないし、コレクション対象になっているのかもわからない。何より、あれは奴が死んだら二度と姿は現さない。唯一、持ち主が生きていて初めて拝める仏さんだ。いきなり命を狙われることはまずない」

龍ヶ崎が持っていたシャンパンボトルも、足元に転がり中身を撒いている。

「それに、たとえ奴の〝化粧彫り〟のことがコレクターにバレていて、標的にされたとしても、絵を浮かせたまま遺体にして、保存して、なおかつ皮膚を剝がすなんて芸当が、そう簡単にできるとは思えない。だいたい、どうしてあんなに見事に浮き上がるのか、二代目でさえまったくわからないって逸品なんだ。仮に医学や化学で謎が解明できたとしても、剝ぐのに失敗したら二度とあの絵は出てこない。そんな危険を冒してまで、どうこうしようとはしないはずだ。正真正銘のコレクターならな」

懇切丁寧な説明を受けるも、真木は気持ちが落ち着くよりも、胸騒ぎばかりが大きくなっていく。

「でも、そしたら…、一生飼い殺しにされるってことだってあるじゃないか」

「だから、奴のところには昨夜のうちに護衛を送った。ただ、必ずしも鬼塚の背中のことまで相手が嗅ぎつけてるとは限らないんだから、これ以上動いて余計な情報を与える羽目になったら、もっと面倒だ。ましてや本人が知って動き出したら、藪蛇《やぶへび》になりかねない。今回ばかりは、鬼塚が何も知らないでいるほうが、かえって俺も動きやすいんだよ」

話の端々で、本心を気づかれまいとする龍ヶ崎に対して、次第に腹が立ってきた。

「敵の標的があんたに絞られるから？　それって一人で囮になろうってことだろう？」

「不服か？　永遠の兄貴が少しでも安全圏にいるほうが、元舎弟としては嬉しいだろう」

結局こういうことだろうと真木が責めると、ようやく龍ヶ崎も本心を明かす。

龍ヶ崎は自分一人が矢面に立って、コレクターと一戦交えるつもりだ。

もちろん、龍ヶ崎が鬼塚に害が及ばないように動いているのは、昔からの仲だからだろう。盃を交わし合った義兄弟でもあるし、真木にとっては実家の兄も同然だ。

自然に庇おう、守ろうという思考が働き、行動してもなんら不思議はない。

「俺はあんたの伴侶だよ。何回言わせるんだよ。だからこんなに――――」

しかし、そこにどんな理由があったとしても、真木は鬼塚を思う龍ヶ崎に嫉妬を覚えた。

鬼塚のことは今でも敬愛しているし、それは一生変わらない。それなのに、龍ヶ崎が自身より鬼塚を大事にする姿に共感ができない。

だったら、お前はどうなんだ？　と言われたら、返す言葉もないのに。真木は、自分で自分がわからない。

「まあ、そう心配するな。囮と言っても、俺には四六時中命知らずなボディガードがついているんだ。常に大船に乗ったつもりだ」

それでも、自分で絡んだ挙げ句に行き詰まった真木に対し、龍ヶ崎は肩を抱き寄せ、微笑んできた。

「ただ、一日も早く枕を高くして寝たければ、お前も協力することだ。今日のような勝手な行動は、これ以後厳禁だからな」

「わかったよ。そんなコレクター、絶対に俺が捜し出して始末してやるよ」

真木が嫉妬を露わにしたことを責めるでもなければ、からかうでもなく、優しくなだめてキスをしてきた。

「――――あんたは俺のものだ。絶対誰にも渡さない」

深い、深い、キスのあと、真木は龍ヶ崎の背に両手を回すと、その背の徳叉迦竜王ごと抱きしめた。

「そして、あんたに宿るこいつらも俺だけのものだ。一生、誰にも渡さない」

嫉妬も拘束も口にして、龍ヶ崎に「可愛い奴だ」と言わせて、いつになく困った顔もさせた。

4

真木には黙って動くつもりだった龍ヶ崎だが、結局事情を伝える羽目になった。二代目一慶との浮気を疑われた直後だけに、花房のことまでは言わなかったが、それを除けばすべて打ち明け、説明した。

相手がそうとう厄介だということが読めるため、佐原の縁故もあえて頼るつもりがない。これに関しては、自分たちだけでどうにかするつもりだということまで言い含めて。

その結果――――。

「よし！　まずは手分けして、リストに載ってる人間から当たってみよう。死亡している幹部連中の中に、もしかしたら空の棺桶で葬式をしていた…なんて事実もあるかもしれないし。抗戦の犠牲になったと信じていて、実は拉致《らち》されていたとかって可能性もある。それから生存者に関しては、最近何か変なことが起こっていなかったか、自分の彫り物を誰かに自慢したか。どんな些細なことでもいいから、とにかく今は情報収集だ」

真木は翌日から率先してコレクター捜しに動き始めた。

こうなったら、龍ヶ崎に忍び寄る魔の手の正体を自ら暴こうという気で満々だ。

「張り切りすぎて、ヘマをするなよ」

「わかってるよ。そっちこそ油断して攫《さら》われたりしたら困るからな、しばらくは家で指示だけしてろよ。外であんたに何かあったら、舎弟どころか一般市民まで巻き込む可能性が出てくるんだから」

龍ヶ崎は、真木が動くことに不安がないと言えば嘘だった。

だが、「大人しくしていろ」と言ったところで、言うことを聞かないのもわかっていたので、あえて好きにさせることにした。

「知ったふうな口ききやがって」

「何か言った？」

「いや。気をつけて行ってこいよ」

「おう！」

真木は顧客名簿に合わせてチーム分けした舎弟たちに指示を出し、勢いよく本家をあとにする。

龍ヶ崎は、それを着流し姿で玄関先まで見送り、重い溜息をつく。

「組長、よろしいのですか？　確かに真木さんつきの舎弟は増やしましたが…」

嵐が去ったような静けさの中、傍に残った柳沢が不安気に聞いてきた。

「俺の傍にいるよりは安全だと思うが。ああ言われたが、このまま大人しく家に籠るつもりはないからな」

龍ヶ崎は笑って奥の間に引き揚げた。

柳沢は龍ヶ崎の意図を汲《く》むも、複雑さを隠せないままあとを追う。

「――――そういうことでしたか。それにしても、ここへ来てずいぶん物騒な者が現れましたね。

鬼塚一慶氏が亡くなった直後にも、似たような話が流れたことがありましたが」

龍ヶ崎は自室に戻ると、螺鈿《らでん》細工が美しい漆塗《うるしぬ》りの座卓に広げた資料やノートパソコンの前に腰を下ろした。

「本当だよな。たかが刺青、されど刺青だ。芸術の域までいくと熱狂的なファンがつく。だがファンが度を越すと、はた迷惑なだけの収集家が生まれるからな。これを見ろ」

真木を眠らせてから、自分なりに動き始めて得た結果を画面に出して、柳沢に見せる。

「…これは」

「信頼できる国内外の知り合いに、狂信的な刺青コレクターの話を聞いたことがあるかどうか、尋ねてみたんだ。で、戻ってきた返事から最有力候補として挙がったのがこの男だ」

闇には闇のネットワーク。過去の刑務所暮らしも伊達ではない。

そこへ飛び込まなければ、知り合うこともなかっただろう漢たちとの繋がりは、ときの流れと共に肥大し、今となっては強固なものになっている。

特にどうという野望はないにしても、何かのときに必要不可欠なものは欠かさない。

鬼塚のところのようにバラエティーに富んだ舎弟やその身内が増えたことはないが、龍ヶ崎は龍ヶ崎なりの縁故でいざというときの備えを万全にしているのだ。

「アメリカの医学博士…?」

そうして、日ごろから積み重ねてきた信頼で得ただろうコレクターの情報は、資料を見た柳沢をただただ驚かせた。

話がすでに国際化している。

資料を覗《のぞ》いた柳沢には、アメリカも医学博士もまったく想像できなかった。せいぜい、どこの変質者が金にものを言わせて？　ぐらいに考えていたため、自然と顔を顰める。

「表向きは医者だし、これでもけっこう役に立つ研究発表をしてきた博士みたいだぞ。ただ、裏に回れば自他共に認める熱狂的な刺青マニアで、世界中から凝った刺青のある遺体を買い集めて、自ら標本化してきたそうだ。そのせいで、親が遺《のこ》した莫大な財産をほとんど使い果たしたって、アメリカンマフィアの間じゃ有名らしい」

「では、この博士が今になって初代一慶の作に目をつけた？　マフィアを使って、若の背中を狙っていると？」

それでも柳沢の呑み込みは早い。

龍ヶ崎の説明をその場で的確に理解し、頭に入れていく。

「だったら、楽だったんだけどな。それなら間に入っているマフィアのほうに交渉して、〝倍額払うから、そんな物騒な奴は始末してくれ〟と頼めば、こっちの手は汚さずに片づけられる。今日にでも決着がつくってもんだ。だが、さすがに熱狂的でも、元が医者だ。殺してまで手に入れた刺青はないらしい。病院関係に伝《つて》を持っていたから、そこで情報を集めて、遺体の買い取り交渉をマフィアに依頼していたようだ」

「微妙な正義感というか、こだわりですね」

「一応遺族にも、謝礼は支払っていたらしいからな。まあ、双方合意なら、まだいいかってところなんだろうが――――、生憎この律儀なコレクター博士は、半年前に死んでるんだ」

せっかく理解してもらったところで悪いが、そう言わんばかりに龍ヶ崎が苦笑した。

ようは、ここまではまだ前置きだったらしい。

「そもそも戦後から標本作りを研究していたような老人だっただけに、死因も年相応の病死だ。ただ、こいつが長年作り続けてきたコレクションが、そうとう家族の顰蹙《ひんしゅく》を買っていたみたいでな。死後、全部闇オークションにかけられて、売り飛ばされた。さすがにそれがどこの誰に、どんな内容のものが渡ったのかはわからない。オークションディーラーにも守秘義務があって、そう簡単には教えてくれない。ただし、そこに話をつけてくれた知人いわく、ディーラーが俺の徳叉迦竜王を生で見せてくれたら、多少口をきいてもいいと言ったそうだ」

「そのディーラーの元に、すでに初代一慶作を指定した依頼者がいるってことですかね？」

「おそらくな」

本題に入ると、再び龍ヶ崎の顔つきが厳しいものになる。

自然と卓上に置かれた煙草の箱に手が伸び、緊張をほぐすように一本取り出した。

「では、そのオークションディーラーを抱き込むなり、締め上げれば…」

すかさず柳沢がライターで火を差し向けた。

「かなりの確率で、闇オークションを利用するようなコレクターに近づける。ってことで、イタリアへ飛ぶ。すぐにチケットを取ってくれ」

龍ヶ崎は煙草に火を点け一服すると、柳沢に改めて指示を出した。

「イタリアですか⁉」

「オークションを開催しているのが、イタリアンマフィアなんだ。それもかなり過激な一家らしいから、先に地元の知人に連絡して、護衛してもらわないといけないがな」

「アメリカのお知り合いの次は、イタリアのお知り合いですか…。めったに海外旅行もされないのに、どこでそんなご縁を…」

ここまでくると驚きだけではなく、若干不思議が入ってくるようだ。

柳沢に怪訝そうな顔を向けられ、龍ヶ崎も同じような顔をして返す。

「俺じゃなくて、ムショ仲間だった奴らが勝手に縁を広げただけだ。ま、この分だとコレクターのところにたどり着く頃には、話だけでも世界一周してるかもしれないな。ま、チャイニーズマフィアだの台北《タイペイ》マフィアと絡んで奮闘している鬼塚のことを、とやかく言えなくなってきたってことだろう」

最後は笑うしかない。これなら嫁たちが集まってどんちゃん騒ぎのほうが、まだ笑い話ですませられるというものだ。

「失礼します。組長、磐田会の鬼塚総長がお見えです。早急にお話ししたいことがあるとおっしゃって」

しかし、部屋の向こうから突然知らせが入り、龍ヶ崎は空笑いさえできなくなった。

「鬼塚が直々に？」

「はい」

噂をすれば影だった。

こんなことなら、たとえ話とはいえ鬼塚の名前など出さなければよかっただろうか？

決して今以上のトラブルを望んでいるわけでもないのに、どうしてかあれこれ龍ヶ崎の許へ舞い込んでくる。

『まぁ、さすがに別件だろうが。それにしたって電話ですませられない話かよ』

鬼塚が自ら動いてきた。

それも今のこの時期に――――。

龍ヶ崎は、そのこと自体を重く受け止めると、吸って間もない煙草を灰皿に押しつけた。

パソコンを閉じて席を立ち、鬼塚が通されているであろう客間へ向かった。


客間に通されていた鬼塚は、上質なスーツに身を包み、背筋を伸ばした美しい正座姿で龍ヶ崎を待っていた。

品のある端正な顔立ちから漂うインテリジェントなムードは、今も昔も変わらない。龍ヶ崎も一目でヤクザとはわからない男だが、鬼塚に至ってはそれ以上だ。

彼の素性を知らなければ、大概の者が実業家か公人のいずれかと間違えるだろう。それほど普段の鬼塚は沈着冷静で穏やかさが前面に出る男だ。

しかし、ひとたび熱くなれば鬼となる。たった一人の舎弟のためでも自ら命を張る総長だ。

そんな男が、このタイミングで行動を起こした。

この上まだ何かが起こったのか?

そう考えざるをえない龍ヶ崎に、これはこれで衝撃的な報告がされたのは、ものの数分後のことだった。

「一慶が消えた?」

「ええ。昨日電話があったんです。どうしても俺の背中が見たくなったんだが、一度だけでも駄目かって。義純さんの徳叉迦竜王を見せてもらう機会があったが、まったく〃化粧彫り〃の技法が想像できなくて、できれば実物で確認したいって。なので、一度だけならってことで了解したんですが…」

「取るものもとりあえず、すっ飛んできそうなのに、現れなかったってことか」

「はい。一応一晩待って、今朝家まで様子を見に行かせたら、もぬけの殻《から》で…。そもそも今になって義純さんの名前が出てきたことにもひっかかったんで、何か思い当たることがあればと」

「思い当たることか――――。ないことはないが」

龍ヶ崎は、これだろうと確信を持って説明できるものが、すぐに浮かばなかった。

昨日の今日で一慶が消えたとなれば、コレクターの手が伸びたと考えるのが手っとり早い。

だが、仮にそうだとして、なぜ一慶本人なのか?

変な話だが、花房は「相手は徳叉迦竜王をターゲットにしている」とはっきり言ってきた。

ということは、コレクター側には、すでに初代一慶の作品にかかわるデータなり、資料があって、標的を定めてきていると思っていい。龍ヶ崎のように、なんの手かがりもないから初代の顧客リストをとりあえず求めたのとはわけが違う。

だが、だとしたら、一慶は他の目的で拉致されたということになる。

自分をおびき出す囮だろうか？

それとも標本作りにかかわる仕事でもあって、それをさせるつもりなのだろうか？

だとしても、ピンとこない。

「あ、そうか。鬼塚、一慶の身体に初代が彫った絵はあるか？　背中一面とか、俺やお前レベルの、ごっついやつは」

単純な発想だが、龍ヶ崎はこれだろうと予想した。

リストには載っていなかったが、二代目は弟子であって、客ではない。そう考えれば、ありえることだ。

「いいえ。予定はあったそうですが、その前に親父が他界したんで…。確か、自分で最初に彫ったものが両足に入っているだけだと思います」

「自作か…」

しかし、あっさりと予想を外され、消えた一慶の理由探しが暗礁に乗り上げる。

龍ヶ崎の手が自然と着物の袂《たもと》に伸びるが、何も入っていない。こんなときに限って、煙草は自室に置いたままだ。

「これでよければ」

「すまない」

鬼塚に差し出されて、一本もらった。そのまま火まで寄こされ、相変わらず気の利く奴だと笑う。が、傍にいた柳沢や他の舎弟は立場がない。

鬼塚に「気にするな」と言われて、ますます身の置き場もない。

『このタイミングだけに、私怨を持った者の犯行とは思えない。となると、コレクターの狙いが変わったのか？　刺青目当てじゃなければ、二代目の腕そのものか？　名前か？　ようは一慶であれば初代じゃなくてもよくなったってことなのか？』

その後、龍ヶ崎は少しばかり考え込んだ。

しかし、そんな移り気な相手のために、花房が動いたとは考えづらかった。

そうとう執着心が強い相手だからこそ、花房も危険を冒して龍ヶ崎を呼びつけた。そのまま檻の中へ匿《かくま》おうとした。

そう考えた場合、いきなり相手の矛先が一慶自身に変わったことに、違和感しか湧かなかったのだ。

『いや、仮にそうだとして、二代目に自分が思ったとおりの作品を作らせるための拉致・誘拐ならまだいい。最悪なのは、〝化粧彫り〟の技法を知っている者と誤解されて、連れ去られた場合だ。何も知らないとなったら、逆に用無しだと判断されて始末されかねない』

それでも事実は事実として受け入れた上で、更なる想定をしてみた。

彫り師・一慶の名前が持つ意味は奥深い。

「ところで鬼塚」

「はい」

「客観的に見て、二代目一慶の彫り物にはどれぐらいの価値があるんだ？　その、親父さんほどの値打ちがあるものなのか？」

コレクターが動かされる価値基準が果たしてどこにあるのか、それは龍ヶ崎にはわからない。そもそも初代の作品が本格的に評価され始めたのも、死んでからではないかと思うぐらいだ。なにせ、彫ってすぐに評価されるのは、絵そのものの出来栄えだけだ。

だが、これだけなら初代一慶は、ここまで天才、鬼才とは言われなかっただろう。彼をそう言わしめたのは、やはり〝彫り〟そのものだ。

まるで人の精気を吸い取り、発しているかのような鮮やかな色。しかも、ときが経っても他の刺青とは違って色褪せないことがわかり、これこそが天才技なのだと評価されるまでには軽く十年から二十年がかかったはずだ。

そうなると、四十代で亡くなっている一慶は、生前は絵師としての評価しか得られていないことになる。二代目一慶が初代に並ぶ大才なのか否かは、今まさに判断されようという時期かもしれない。

「さぁ…。こればかりは、他人が判断することだと思うんで、価値と言われても…。ただ、死期を悟った親父が、二代目を名乗ることを許した唯一の弟子ですから、一慶という名前が持つ効力のようなものはあると思います」

「なるほどね」

こうなると、やはり相手の目的は〝名前〟や〝表立った技術〟なのだろうか？

少なくとも、二代目が伝授されていないのは、化粧彫りの技法と染料の秘密だけだ。

それ以外のことは受け継いでいる。となれば、二代目が彫る刺青も、きっと色褪せないものなのだろう。

あとは絵師としての腕が総合評価になるのだろうが、そこは初代が認めているからこその二代目だ。そう考えれば、たとえ二代目であってもコレクターが一慶自身を欲しがったことに、違和感はなくなってくる。

既に出来上がった作品だけではなく、これから生まれる作品をも手に入れる。そんな貪欲に囚われれば、一慶を攫うぐらいのことはするだろう。

「義純さん。親父のことで何かあったんですか？　昨日、任意で引っ張られたって聞きましたが、それと何か関係でも？」

龍ヶ崎は、結局鬼塚にも説明せざるを得ない状況になった。

「いや。実はな…」

鬼塚にとって二代目一慶は、父の弟子であると同時に、身内同然の人間だ。

彼があくまでも彫り師であって、極道ではないことから、普段は一定の距離を置いて付き合っている。

だが、いざ何かが起これば、こうして自ら出向くほどの間柄だ。ここを無視して、嘘やごまかしは通らない。

「そうでしたか。それで任意同行を…」

少し話が長くなったが、龍ヶ崎は鬼塚に対し、順を追って今回のことを説明した。

そもそもどうしてそんな情報が花房から流れてきたのか、過去に彼とどんないきさつがあったのか、それも含めてだ。

「まあな」

さすがに「檻の中でセフレだった」と説明したときには、鬼塚も顔を強張らせた。が、今はそこにこだわっている場合ではないのは、彼も十分承知している。

と同時に、これを打ち明けられた段階で、鬼塚は暗黙の了解もしただろう。

龍ヶ崎は鬼塚に包み隠さず打ち明けたことで、「万が一にも話がバレて、真木がふて腐れたときには、お前がフォローをしろよ」と言い含めたのだ。

このあたりは、抜け目がない。

「では、これからイタリアへ？」

鬼塚は、話をすべて理解した上で、龍ヶ崎の出方を聞いてきた。

「そう思っていたが、すぐには飛べなくなったな。俺が一慶の攫い主なら、利用しない手はない。一慶を囮に、ついでに徳叉迦竜王も――――そう考えてもおかしくはないからな」

龍ヶ崎のほうは、予定を立てるたびに崩されていくことに、イラつきを隠せない。

気がつけば、一本目の煙草を吸い終えたところで、柳沢が箱ごと煙草を差し出した。

鬼塚に事のなりゆきを説明するうちに、そこから二本、三本と手をつけ、今では箱の中身がすべて吸殻となって、灰皿に移動してしまっている。

「組長！　大変です」

しかも、今度はいったいなんなんだ？　と、言いたくなるような舎弟の声が、廊下から響いてきた。

「なんだ。来客中だぞ」

コレクターが一慶を餌に、脅迫文でも送ってきたのか？　とうとう呼び出しか？

そんな気持ちで聞き返す。

「すみません。ですが、真木さんが…、真木さんが消えたと連絡がありました」

「真木が消えた？」

しかし、ここでもまた龍ヶ崎は、大きく予想を裏切られた。

これには鬼塚共々身を乗り出す。

「はい。まるで神隠し同然に。ちょっと目の前で起こった事故に気を取られた隙に、消えていたと」

そんな馬鹿な――――とは、言えない。

相手が仮にイタリアンマフィアと通じているような者なら、拉致や誘拐などお手のものだろう。

すでに一慶だって、跡形もなく消えている。

「どういうことだ？　一慶じゃ俺への脅しには使えないって判断したのか？　だが、それなら俺をじかに狙ったほうが手っ取り早い。ましてや真木を使おうと思うなら、もっと早くてもいいぐらいじゃないのか？　花房が真木を知っていたぐらいだ。きっと相手だって知っていたはずだ。それとも、いちいち花房と比較して仮説を立てるから、おかしくなるのか？」

ことごとく読みを外され、龍ヶ崎のイラ立ちは増すばかりだった。

「いったい、何がしたいんだ？　徳叉迦竜王が欲しいなら、じかに来い。どうして俺のところに向かってこない!?　俺は逃げも隠れもせずに、ここにいるだろう！」

行き場のない怒りをぶつけるように、両手でテーブルを叩く。

「義純さん！」

鬼塚に腕を摑まれ、息を吞む。

「言ってください。なんでもします」

静かに、だが力強い言葉が鬼塚の口をつく。事の発端が父親の作品絡みなだけに、いたたまれない気持ちになっているのは、鬼塚のほうかもしれない。

龍ヶ崎は、握りしめられた腕から鬼塚の心情を察すると、大きく深呼吸をしてから答える。

「――――いい。お前は動くな。余計にややこしくなる。しばらく台北と東京を行ったり来たりしなきゃならないんだろうし、この件は俺に一任しろ。ただし、最悪どうにもならなかったら、朱鷺のところの佐原は借りるかもしれない。本人じゃなく、奴が持っている情報網と縁故だけな」

漢にとって、動くなと言われるのは、死んでこいと言われるよりも苦しいときがある。

だが、それを踏まえた上で、あえて龍ヶ崎は鬼塚に「動くな」と命じた。

理由は口にしたとおりで、他意はない。

それがわかっているのだろう、鬼塚も逆らうことはしなかった。

「わかりました。では、佐原には俺から連絡しておきます」

「悪いな。取り乱して」

鬼塚が潔く引いたことで、龍ヶ崎も冷静さを取り戻した。

こうして幾分でも落ち着いてみると、実感できる。真木を捕られた龍ヶ崎がどれほど動揺し、激怒したのかを――。

「とんでもない。くれぐれも用心してください。あと、何か必要なときには、必ず声をかけてください。台北のほうは、とりあえず落ち着いてきましたし…。いざとなれば、台北マフィアの手も借りられますんで」

「ああ。それは心強い。ありがとう」

龍ヶ崎は、ひとまずイタリア行きを柳沢と舎弟たちに託し、自分は消えた真木の消息を追うことにした。

その傍《かたわ》らで、相手がなんらかのアクションを起こしてくることを心から祈り、そして待ち続けた。

＊＊＊

一方、消息を絶った真木はといえば――。

「ん…。俺は…いったい？」

イスラム様式を思わせる豪華絢爛な一室、大理石の四柱に囲まれたキングサイズのベッドの上で目を覚ました。

衣類は何一つ身につけていない。どうしてこんなことになっているのか、まったくわからないが、かなり長い時間眠らされていた気がした。

目覚めたときの感じが、過去に銃弾の摘出手術を受けたあとに似ていたのだ。

強い麻酔のためか、夢さえ見ずにすべてが無になった。

自分の身体がまったく機能しないまま、ひたすら深い眠りに落ちていた。それにもかかわらず、目覚めたときには疲労感が伴った。

思考回路もいまいち正常に働いていない、まだ眠気も残っている——そんな状態だ。

「気がついたか」

そして、重々しそうに瞼を開いたまま天井を見つめていた真木に声をかけてきたのは、見覚えのある男だった。

「…一慶…？」

さすがに昨日今日で見間違うはずがない。心配そうに真木の顔を覗き込んでいるのは、二代目一慶だ。

だが、だからこそ真木は混乱した。

「どうして？」

なぜ、ここに一慶が？

必死で記憶をたどってみた。

すると、突然ブラックアウトした一瞬前の状況が、徐々に思い出されてきた。

そう、あれは日常的にあっておかしくない光景だった。

〝じゃあ、ここの組長の遺族や組員に話を聞いてみよう〟

〝はい。真木さん〟

真木は舎弟たちと共に、リストに載っていた人物を訪ねて、新宿《しんじゅく》にある他組の事務所へ向かおうとしていた。

つき添いを増やされたために、自家用車ではなく、ワゴンでの移動だ。後部座席の扉を開いて、舎弟二人が先に降りた。

そして真木が降り、更に後ろにつくように舎弟三人が降りて、そのまま事務所がある雑居ビルへ入ろうとした。

だが、目と鼻の先で事故が起こったのは、そのときだ。

〝うわっ！　追突だ〟

激しいクラッシュの音が響いて、舎弟の一人が叫んだ。

その場にいた全員が事故に意識を奪われ、目も奪われた。

『――――あの事故を見たあと、俺は…、どうしたんだ？』

しかし、真木の記憶はここまでだ。

その後は急激に深い眠りに囚われ、どれほどの時間が過ぎたのかさえわからない。

「拉致されてきたんだよ。お前も俺も」

いまだに目つきがトロンとしている真木に向かって、一慶が信じがたい説明をしてくる。

「拉致？」

「あれを見ればわかるよ。一発で目も覚める」

よく見れば、同じベッド上の左側に座っていた一慶は、裸体に白いカンドゥーラだけを羽織っていた。

〝あれ〟と言って何かを指した手首には、細いチェーンつきの手錠がはめられている。

「？」

全裸で寝かしつけられていた真木といい、この一慶の姿といい、何もかもがおかしい。

込み上げてくる不安を覚えながら、真木は横たわったまま、指されたほうに視線だけをやった。

右のほうに顔を向けて、チラリと見る。

「――――っ！」

すると、広々とした部屋の壁一面には、いくつもの額が飾られていた。

最初は絵画かと思って目を凝らすが、それが様々な絵柄の刺青標本だというのは、すぐにわかった。

背中に描かれたものが多いためか、剝がして額装されたものの大半が、首から腰のあたりまでのシルエットを残している。

しかも、壁の一部には水槽のようなものまではめ込まれており、中にはホルマリン漬けの男性遺体が、背中の刺青を見せるようにして飾られている。

「うっ!」

問答無用に吐き気が込み上げた。

そこには日本の刺青以外にも、さまざまな国の文化が折り込まれた刺青標本が飾られていた。

何十点もの刺青が、ここでは絵として壁にかけられているようだが、真木の目にはどれ一つ美しく感じ、また映るものはない。

なぜなら、標本と化したそれは、加工されているためなのか年季のせいなのか、黒くすんで、変に艶光りしていた。

まるで獣の皮に描かれた絵のようにも見えた。

龍ヶ崎が真木を魅了した徳叉迦竜王のように、色鮮やかで温もりを感じるものなのど、一つとして存在しない。

『これが芸術? コレクション? 爬虫類の皮見本のほうがまだマシじゃないか。医学的検証とかっていうならまだ理解の範囲だけど、これを美術品感覚で飾って観る奴の気が知れない』

真木には、こんなものを収集するコレクターが正気だとは思えなかった。

こんなもののコレクターが、龍ヶ崎の徳叉迦竜王を狙っているのかと考えると、吐き気どころか寒気までして、全身に鳥肌が立った。

「嫌な言い方だが、じきに目が慣れる。まずは、気を確かにな」

ふいに肩が温かくなった。

「一慶…」

真木は、一慶に肩をさすってもらい、少しだけ気分が和らいだ。

思えば、先に一人であれを直視したのは、一慶のほうだ。さぞ、真木が目覚めるのが待ち遠しかったことだろう。

場合によっては、別々に連れてこられて、ここで同室にされたとも考えられる。

いずれにしても、一慶はたった一人で恐怖と不気味さを味わった。そうして、ある程度の時間を過ごしていたに違いない。

それを思うと、真木は心が震えた。

今この場に自分が一人じゃないことに、心底から安堵していた。変な話だが、一慶と面識があってよかったと思う。

「それにしても、えらい男に目をつけられたものだな。お前」

だが、そんな真木に向かって、一慶は意味深な微苦笑を浮かべた。

「俺？」

「そう。お前をここへ運んできたときに言ってたんだ。これは私の宝だって。ようは、龍ヶ崎の徳叉迦竜王よりも、お前自身に気持ちが移ったってことさ。刺青コレクターの」

こんなときになんの冗談を言い出すんだ？

真木は上体を起こして、身体ごと一慶のほうを向いた。

「あのな――――っ！」

しかし、その瞬間真木の視界に飛び込んできたのは、一慶の背後に見えた扉が開かれるところだった。

真っ白なカンドゥーラを纏い、カフィーアを頭上から被った中年紳士だった。

『え？』

男は何人ものお供を引き連れて部屋に入ってくると、真木に向けて満面の笑みを浮かべ、そして両手を広げてきた。

「目が覚めたかな。この私、偉大なる砂漠の大帝、アル・ガニー・ディヤー・ザイヌルアービディーン・バラカートのハァビヴ《恋人》よ」

「お前は…」

真木は、自然と身体が引けた。上掛けの端を握って自身のほうへ引き寄せる。

記憶に間違いがなければ、すでにこの男とは出会っている。

「もしかして…、先日ホテルで出くわしたのは、偶然じゃなかったってことか？」

忘れるはずもない、接触したのは二度だ。

ホテルのフロントロビーで、そして客室フロアのエレベーター前で、真木はこの男と出会い、そして言葉も交わしている。

「いや。あれは偶然だよ。私は徳叉迦竜王を追って、あの場にいたに過ぎない。そんな私の目に飛び込んできたのはハァビヴ、君のほうだからね」

流暢な日本語を話す外国人。

どうせなら、変に母国語を交えず、全部日本語で言ってくれればいいものを、真木は男から「ハァビヴ」と呼ばれている意味が、どうにも解せなかった。

意味はなんとなく伝わるものがあるが、理解し、受けつけたくないのが心情だ。

「最初に君を見たのは、警察の前だったかな。君は龍ヶ崎を迎えに現れた。一瞬で私の目を引き、そして消え、心に言いようのないわだかまりを残した。それが運命の出会いであり、生涯の伴侶を得るための導《みちび》きだと悟ったのは、翌日のホテルでのことだ。君は再び私の前に現れた。それも一度ならず、二度までもね」

だが、男が言うように、ホテルでの出会いは二度とも真木が作ったものだ。

特別に何かを意図したわけではないが、勢いのまま前も見ずに猛進し、うっかりアル・ガニーに追突していったのは真木自身だ。

確かにアル・ガニーからぶつかってきたわけではない。

「君を見たあとは、どんな傑作も色褪せて見えた。徳叉迦竜王への執着さえ薄らぎ、今となってはどうでもいいぐらいだ。自分でも不思議なものだと思うが、しかし、これが恋というものなのだろう。これまで抱いていた欲望のすべてを無にし、愛しい者しか目に映さない。欲しくなくなってしまう。まさに、究極の魔法だ」

これが運命だというなら、真木は皮肉なのか幸運なのかわからなくなった。

アル・ガニーの言葉が事実なら、この正気とは思えないコレクターの興味や好奇心は、今や真木に向けられている。

自然と頬が引き攣るほど怖気立つが、最愛の龍ヶ崎からは逸《そ》れているということだ。

「ハァビヴ。君は今日から私の伴侶だ。死ぬまで私だけに尽くす、愛の奴隷だ」

真木は、一慶が思わず自分に向けてしまったのだろう微苦笑の意味を知ると、まずは自身に冷静さを求めた。

相手は刺青欲しさに、背負う者の命を平気で奪うような男だ。

これまで真木が敵対し、「最低な畜生だ」と称してきたようなヤクザだって、命は奪っても遺体をホルマリン漬けにして、それを見世物にはしていない。

そう考えたら、普通の神経・思考で、アル・ガニーと接することは、それ自体が危険に思えた。

そのことは一慶も感じているのだろう、何を言われても沈黙を守っている。

「そして二代目一慶、君は私のために彫るんだ。この美しいハァビヴの肌に、自身の最高傑作を。世間に天才と言わしめるだけの、究極の一枚をな」

「なっ！」

しかし、それでも「真木の背に彫れ」と命じられたときには、表情が一変した。

そんなことはできない。できるわけがないと言いかけたのを、真木に腕を摑まれ思いとどまったほどだ。

「そうして完成した暁《あかつき》には、ハァビヴは私の伴侶であり、最高の宝になる。ああして飾って眺めるだけではない。毎夜この手で愛でることのできる、唯一無二の宝にな」

アル・ガニーは、己の願望や理想を淡々と語る。

真木が一慶と共に拉致されてきた理由は、こうして聞けば極めて簡単だ。

真木にしてみれば、自分が一慶を巻き込んでしまったような気持ちになってくる。

「いいか、一度しか言わないからよく覚えておけ。私の意に背けば、殺す。ハァビヴも、一慶も、そして龍ヶ崎も。その周りにいる虫けら共も、全員皆殺しだ」

アル・ガニーは返す言葉さえ失った真木と一慶に、猟奇的としか思えないような要求をしてきた。

穏やかで優しげにも見える紳士の笑顔に全身が凍りついたのは、真木もこれが初めてかもしれない。

『こんなに脅しらしい脅し、ヤクザやマフィアだって、そうそうできねぇぞ』

真木は失笑するしかなかった。

いまだに気だるさが抜けない身体が崩れていく。そのままベッドに横たわる。

「まだ薬が抜けきっていないようだな。もう少し眠って、まずは旅の疲れを癒すといい。あとでまた様子を見に来る。じゃあな」

言いたいことだけ言って、部屋から去るアル・ガニーが、今はささやかながらありがたい。ここがどこだかはわからないが、完全にアル・ガニーのテリトリー内なのだろう。

アル・ガニーが見せる余裕は、真木たちがどこにも逃げられないことへの絶対的な自信の現れだ。

「何が最高傑作だ。そんなことをさせられるぐらいなら、この腕を切り落とす」

だが、部屋からアル・ガニーが消えたのち、真木が一慶に見たものは、静かなつぶやきの中に込めた職人としての誇りだった。

彫り師・一慶の名を継ぎ、今日まで守り抜いてきただろう揺るぎない自尊心だった。

「早まったことするなよ。こうなったら彫ってもらうしかないんだ。俺の背中に、徳叉迦竜王にも負けない逸品を――――。できれば極道の大王道で、昇り龍なんかがいいかな…。すぐにでも彫り出せるように、デザイン起こしてくれよ」

それでも真木は、一慶に「彫れ」と言うしかなかった。

「真木！」

「それが生き続けるための時間稼ぎだ。お前も俺も刺青が完成するまでは生きられる」

「しかし…っ」

どんなに手を尽くしても、ここから脱出する術がない。逃げ出す活路が見いだせないとなったら、実際彫り始めることで時間を稼ぐ。それしかなければ、たった一つの方法を、真木は手放すわけにはいかないのだ。

一慶に彫ってもらうしかない。

「生きてさえいれば、必ず脱出のチャンスがあるはずだ。もしくは助けが来るはずだ。いいか、一慶。俺はこんなところで死にたくない。俺の死に場は、義純の傍って決めてるんだ」

一生のうちに二人の漢の手は取れないのが、極道の世界だ。

だが、真木は鬼塚に命を懸けながらも、義純の許へ行った。

鬼塚の片腕でありながら、龍ヶ崎に心を奪われ、彼の腕の中を死に場にも選んだ。どんなにそれを鬼塚が赦《ゆる》し、背を押して、「行け」と言ってくれたとはいえ、真木は命を懸けた漢を裏切った事実と思いを一度として忘れたことがない。

真木の恋は、気づいたときから命懸けだ。

せめて死に場に選んだ場所ぐらい貫かなければ、鬼塚にだって合わせる顔がない。

「そうでなければ漢が立たない。一人の極道としても、義純の伴侶としてもな」

真木は、自分にも誇りや決死の覚悟があることを一慶に伝えると、その後は意識を失うように瞼を閉じた。

今一度、一慶に心細い思いをさせてしまうことになるが、気力だけで起き続けていることが、どうしてもできなかった。

5

龍ヶ崎がイタリアへ飛んだ柳沢から連絡を受けたのは、真木と一慶が姿を消してから丸二日が経ってからのことだった。

〝まったく話になりません。どう説明しても、守秘義務があるので、オークションの内容は言えない。顧客に関する情報は一切漏らせないの一点張りです〟

この間、龍ヶ崎の表情は険しくなる一方だった。

ようやく届いた連絡さえ、この内容だ。龍ヶ崎に活路を見いだしてくれるものが何もない。

「やはり、俺が行かなきゃ駄目ってことか」

〝それが、私もそう聞いたのですが、完全にしらばっくれられました。そんなことを言った覚えはない。自分に男の背中を眺めて喜ぶ趣味もないと〟

「どういうことだ？」

〝若に紹介していただき、通訳にもなっていただいている知人のドン・レオーネ・ディ・サルヴォ氏の意見だと、先方からよほどの圧力がかかったんじゃないか、と同時に依頼そのものもなくなったんじゃないかということでした〟

「依頼がなくなった？」

真木の消息を追いながら、できることは、すべてしているはずだった。

やはり花房に聞くほうが早いかと、都内の刑務所や拘置所に問い合わせたところで、「花房という名の職員はいない」と言い切られるだけで、連絡もままならない。こんなことなら伝《つて》を残しておくべきだったと思ったところで、間に合わない。

しかも、頼みの綱とも言えるコレクターそのものは、まるで姿を見せない。待っているのに、刺客さえ送ってこない。

思えば、龍ヶ崎が敵のものだと確信する気配や殺気を感じたのも、任意同行から解放された直後だけ。あれ以来、相手からはなんの音沙汰もない。

それなのに、被害だけが広がり、時間ばかりが無情に過ぎる。

龍ヶ崎は出口の見えない迷宮に放り込まれた心境だ。

〝はい。以前オークションで大量に流れた標本を買い漁《あさ》ったときには、今後も良品があれば欲しいと意思表示があった。そこへ若の件でドン・レオーネ氏から、コレクターの情報を求められたものだから、オークションディーラーもあわよくばという気持ちで、徳叉迦竜王が見たいと漏らした。ここまでは、若も読まれていたと思うのですが〟

「――――だが、ここへ来てコレクターの気が変わり、その必要がなくなった。仮に、そうなったとしたら、下手なことをして俺やその援護についているドン・レオーネとぶつかるのは厄介だ。やはり知らぬ存ぜぬにしておこう。ってところか」

〝はい。しかも、万が一にもオークションディーラーを介してコレクターの身元がバレた、なんてことが相手に知られたら、ますます自分の立場が危うくなります。それなら沈黙に徹するほう

が、保身に繋がると思った。そう考えるほうが確かだろうと、ドン・レオーネ氏も……〃

「そうか。だが、仮にそうだとしたら、こっちがいくら相手の出方を待っても無駄ってことだな。徳叉迦竜王に興味が失せれば、あえて何かを仕掛けてくる必要がない」

せめてイタリア経由で、何かを摑めればと祈っていた。

だが、その思いを知り尽くしているかのように、相手は自ら引いていく。その痕跡さえ消していくのだから、龍ヶ崎もやりきれない。

「――――相手は、真木と一慶を手に入れたことで、収集欲に変わる何かを満たしたのか？　物欲の矛先が、急に変わったってことか？」

真木へ、一慶へ通じる細々とした道さえ閉ざされていく。

〃若。命じてください。こうなったらオークションディーラーの皮を剝いでも口を割れと〃

龍ヶ崎は、今にも行動を起こしそうな柳沢に、頭を抱えた。

「馬鹿を言うな。相手はオークションディーラーという副業をやってるだけで、イタリアンマフィアの一家の主だ。それも結果としては味方にならなかったが、敵にもなってない。沈黙という中立を選んだ相手に対してまで、余計な喧嘩を売れるか。だったら先に、力ずくでも口を割らせたほうが早い相手がいる」

柳沢は、どうにかこらえた。

だが、さすがに丸二日が経ってこれでは、手段を選んでもいられない。

こんなことなら、あのとき花房の首を絞めてでも相手の正体を吐かせればよかったと思ったところで、あとの祭りだ。

「もっとも、奴を捜して連絡を取るのには、俺の情報網だけでは事足りない。やっぱり佐原に話を持っていくしかなさそうだがな――――」

龍ヶ崎は、次の行動に出ると同時に、柳沢にはすぐに帰国するよう指示をした。

世話になった知人には、落ち着いてから礼をすると伝えてもらい、今だけは真木と一慶の行方を追うことを優先した。

それなりに覚悟はしていたが、龍ヶ崎が佐原から「連絡が遅いんだよ！」と電話越しに怒鳴られ、なおかつ面と向かって懇々と嫌味を言われることになったのは、それから一時間もしないうちだった。

「馬鹿じゃねぇの？　一刻を争うときに、ためらう必要がどこにある。使える者は親でも使え。今更素人《しろうと》だの玄人《くろうと》だの言ってる場合じゃないだろう？　それを気にするぐらいなら、堂々と真木と一慶の捜索願を出しやがれ。被害者は警察を利用してなんぼだろう？　こういうときに公共機関を使わないで、いつ使うんだよ」

龍ヶ崎が朱鷺の屋敷へ出向くと、佐原は待ってましたと言わんばかりに、文句を言ってきた。

その後ろでは、佐原の側近たちが揃いも揃って、額を床につけて土下座に及んでいる。

歯に衣着せぬ佐原は、誰を相手にしてもこの調子だ。側近たちの心労が偲《しの》ばれる。

最近朱鷺の腰まで低くなったというのも、まんざらデマでもなさそうだ。

言いたい放題は変わらないが、これなら真木のほうがまだ相手を選ぶし、礼儀もある。

「だいたい、それで警察内で事件そのものが揉み消されることがあれば、揉み消した奴を突き止めて、口を割らせればいいだけだ。被害届に対して職務怠慢ってなったら、多少いたぶったところで筋は通る。ヤクザはヤクザらしく、傍若無人にふるまっとけよ。変なところで礼儀正しいのが腹立つ！」

しかし、佐原はすでに鬼塚から連絡を受けて、自分に何ができるのかを考え尽くしていたのだ。が、肝心な連絡が来なければ、何をどうしていいのかわからない。

わかっているのは真木が消えた。一慶も消えた。いったいその背景に何があったのか、鬼塚は何も伝えないまま、「とにかく連絡があったら協力してやってくれ」としか言わなかった。

それだけに、深読みするのが習慣になっている佐原のストレスは、分刻みで増していった。

半日後には「もういい！」と叫んで、独断で入慧のところも連絡を入れた。

とにかく男二人が忽然と姿を消したのだ。まずは手を尽くして、捜してみよう。何もしないよりはいいだろうと話し合い、入慧と共に知り合いの姐たちにも協力を要請し、勝手に捜査網を作り上げて、まずは関東圏から捜査を開始していたのだ。

もっとも、それはすでに龍ヶ崎も手配していた。

佐原たちの一派が調べに走った先々で、龍ヶ崎の手の者とかち合ってしまった。

その結果、同じ連絡をしつこいぐらい受けた佐原のストレスは、余計に増した。その憤りも込めて、本人への八つ当たりになったのだが――言ってることが、すでに龍ヶ崎より極道なのが佐原ならではだ。

元が公人だからか、ヤクザに求めるヤクザらしさも半端ない。

そうこうしているうちに、春日からの一報が入った。

佐原は、パソコンに届いたばかりのメールの添付資料をプリントアウトすると、それを手にして龍ヶ崎のほうへ差し出した。

「…ほら。花房とかって男の居所が摑めたぞ。現在は東京刑務所内に住み込み中。国内でもトップクラスの機密任務を遂行中だ。生憎、春日の伝《つて》でわかったのはここまでだ。コレクターの正体まではわからなかった。これに関しては花房個人の情報網で得たんじゃないかって言っている。さすがにこんなマニアックなところにまで、国も税金はかけてはいなかったみたいだな」

資料には、これまで龍ヶ崎が知ろうともしていなかった花房の経歴や顔写真が載っていた。

これだけでも、さすがは霞ヶ関の魔女――恐るべしと、龍ヶ崎は苦笑する。

「それにしたって、お前もえらい相手に見込まれたもんだな。こいつ、ハーバード出で七ヶ国語はいけるっていう、エリート中のエリート諜報部員だぞ。春日も今回のことで初めて知ったってびっくりしてたけど。どうやら東京刑務所内には、以前から公にできないわけありな亡命者を匿う特別房があったらしい。そこで現在亡命者の接待管理と警備を一任されているのが、この花房って男だ。存在を知ってる職員もごくわずかしかいないから、お前が訪ねたところで、真顔で知らないと言っても不思議はない状態だ」

佐原から追加情報を得ると、なるほどなと思う。

刑務所の敷地内にありながら、まったくの別空間を演出していたあの部屋は、ようはわけありとはいえ、普段は国賓を接待するための応接間なのだ。

それがわかれば、専用の執事がいたのもうなずける。

花房が儀礼服だったのも、そのせいだろう。

しかも、あのとき部屋に飛び込んできた青年も、もしかしたらわけありの亡命者で、花房が気まぐれで呼び込んだ囚人ではなかったのかもしれない。

野生の若獅子のような眼――――。

龍ヶ崎は、ふと青年の深緑の瞳を思い出しながら、花房の口を割るための段取りを考えた。

「女人禁制の牢獄だけに、一応、国も考えて選出してんのかもしれないが…。こいつ、絶対にあっちもやり手そう。まあ、だからって〝タダ〟で匿ってるわけでもないだろうから、なんらかの国家機密を聞き出すとか、初めから大層な交換条件のもとに、日本国内でも最高峰と思われる警備体制の中で、一定期間保護しますよってことなんだろうけどな」

佐原は、その後も冗談交じりに、役立ちそうな話を盛り込んできた。

傍から見れば、一人でべらべらと話を進めているように思えなくもないが、佐原の話には無駄がなかった。

この先も多忙な龍ヶ崎が、資料を読む手間を省けるように、ちゃんと考慮されている。

「なんにしても、早いとこ真木たちを取り戻すに限る。相手がどこの誰だかわかり次第、こっちにも話を寄こせ。この上、龍仁会だけでどうにかしようとか思うなよ。真木は元磐田会の人間である以上に、もう俺や入慧たちにとっては、大事な飲み仲間なんだ。そこ、くれぐれも間違えるなよ」

龍ヶ崎は、佐原の許で準備を万端に整えることができた。

「ありがとう」

おかげで嫌味なぐらい艶やかな笑顔で、礼が言えた。

散々罵声を浴びせられたことなど、まったく気にする様子もない龍ヶ崎に、佐原の側近たちは土下座のまま安堵し、泣き伏せる。

「…ああ」

そのため、礼を言われた佐原がほんの少しだけ頬を染めたのを見た者はいなかった。

いつになく立ち去る男の後ろ姿を目で追ってしまったことにも、丁度帰宅してきた朱鷺以外には気づかれることがなかった。

朱鷺の屋敷をあとにすると、龍ヶ崎はその足で花房の許へ向かった。

専用の白いベンツで乗りつけたそこは、過去に龍ヶ崎が投獄されていた東京刑務所。有刺鉄線つきの高い石壁に四方を囲まれ、最新鋭のセキュリティーシステムに管理されたそこは、日本の中にあって、別世界と言っていい場所だ。

龍ヶ崎も、ここに関してはノスタルジックな気分にはなれない。
覚悟を決めて看守を呼び出し、門をくぐる。

『さてと――――。無事に出てこられるのか?』

ここまで朱鷺の屋敷がある吉祥寺からは、三十分とかからなかった。

その間、龍ヶ崎は佐原から春日を経由し、前もって花房のほうへは連絡を入れてもらっていた。

到着と同時に面会の場を設け、すぐにでも必要な情報を得るためだ。

しかし、会うまではすんなりと受け入れたが、花房は前回同様なかなかコレクターの名を口にしようとはしなかった。

言わないには、言わないなりのわけがある。それから先に説明するよと言わんばかりに、事の始まりから告げてきたのだ。

「もともとは外務省にいる知人が、日本在住の某国大使から、どうしても一慶作品の資料が欲しいと泣きつかれたんだ。それで、あれこれ調べて行き詰まった挙げ句に、受刑者記録に手を出した。一般的に刺青イコールヤクザっていう図式が頭にあったんだろうな。一慶の作品の持ち主を抜粋し、大使を経由してコレクターに情報を流した。ほら、彫ってる奴って自慢げに彫り師の説明までするのも多いだろう。そういうことまで記録にはしっかり残ってたんだな。言わなきゃ、素人に作者の区別までつくはずないのにさ」

龍ヶ崎は、先日と同じ部屋に通され、同じ場所に座らされていた。

だが、先日との違いは、サイレンサーつきの拳銃を持っていることだ。

それこそ銃刀法違反で現行犯逮捕になりかねないだろうに、それを覚悟で銃口を花房に向けている。

「ただ、その際にコレクターが異常なほど興味を示し、これが欲しいと名指しした作品があった。それがお前の徳叉迦竜王だ。知人はそれを目の当たりにし、急に自分のしたことが怖くなった。それで俺に相談をしてきたんだ」

花房は、銃を突きつけられても慌てることはなかった。

ここで騒いで逮捕しようという素振りもない。

まったく怯《おび》える様子もなく、淡々と説明するだけだ。

「このことが外部に漏れれば、自分は職を追われるだけではなく、コレクターからも裏切り者として抹殺される。それは大使も同様だ。相手は容赦がないだけに、場合によっては家族にまで害が及ぶかもしれない。だが、このままでは、徳叉迦竜王を背負ったお前のことも気にかかる。今更、どうしようもないとわかっていても、どうにか助ける手立てがないかって、ノイローゼ寸前だった」

そもそも花房が動いた情報元がどこにあったのか、龍ヶ崎がターゲットになった経緯がどうだったのか、それをまずは理解させようとしているようだ。

「それで俺を任意で引っ張ったのか。そいつも先に人を売っといて、あとから善人面か？　ノイローゼって、都合のいい話だな」

「大概の人間は、自分より大きな力を持つ相手には屈するものさ。それに善悪の思考もバランスよく組み込まれている。まるっきりの善人、悪人は稀《まれ》であって、善悪両方持ってるのが普通だろう？」

しかし、龍ヶ崎が花房の話に付き合ったのは、ここまでだった。

銃口を花房に向けたまま、撃鉄に指をかける。

「なるほどね。――――で、時間がないんだ。こっちはすでに身内を取られた。もう、他人のことまで構ってられねぇ。お前がその外務省の奴と某国の大使を庇うつもりで黙ってたんなら、今すぐコレクターの身元を明かせ。明かさないなら、俺がそいつらを血祭りに上げる。当然、そのときはお前も一緒だ。俺から見れば、立派な共犯者だからな」

これ以上俺を怒らせるな。イラつかせるな。

龍ヶ崎の目が、本気で花房を捕える。

「そんな脅しに誰が乗るか。そもそも俺がお前を投獄しようとしたのも、相手の名を明かさなかったのも、お前を守りたい一心だ。こう言えばムキになるだろうが、一介の極道が立ち向かうには、相手が悪すぎる。立ち向かったところで、死にに行くようなものだと思ったからだ」

「だから？」

龍ヶ崎は、微笑さえ浮かべていた花房の目の前で、撃鉄を起こした。

あとは引き金にかけた指に力を入れるだけだ。

龍ヶ崎は花房に向かって、最後の選択を迫る。

言うか、死ぬか、早く決めろ――――と。

「はぁっ」

　すると、花房が一度、大きな溜息をついた。

「コレクターの名は、アル・ガニー・ディヤー・ザイヌルアービディーン・バラカート。アラブ諸国のオイルダラーにして、バラカート国王。各国マフィアさえ顎で使い、金に任せて欲しいものはすべて手に入れるっていう質《たち》の男だ」

　命が惜しいというよりは、龍ヶ崎の気迫に負けた、降参したという口ぶりだ。

　その飄々《ひょうひょう》とした花房の態度を見ると、龍ヶ崎は撃鉄を起こした銃以上に持てあます。

　嫌な奴――――他に感想がない。

「今やバラカートは、アラブの北って感じなんだ。うっかり機嫌をそこねたら、ミサイルをぶっ放してくるかもしれないような、国家的にもかかわり合いたくないベストスリー内の国だ。最近、アル・ガニーは極秘来日し、その後すぐに帰国している。タイミングからするなら消えた二人は、すでにバラカートに連れていかれたと思ってもいい。ようは、ここへ来て徳叉迦竜王よりも、その二人のほうが、奴の物欲に火を点けた。お前になんのアプローチもないなら、そう考えていいだろう」

　それでも一度口を開いてしまえば、花房は龍ヶ崎に必要な情報や意見を惜しみなく吐露してくれた。

「ただ、彫り師でもなければ、刺青も入っていないのに攫われたっていうなら、本命は真木のほうだな。一慶は、真木の身体に好きな絵でも彫らせようとして、一緒に連れていかれた。これは俺の予想だけど、外れてはいないと思う。アル・ガニーは我欲に忠実な分、行動も単純だ。まるでわがままな子供が金と武力を持ったら、こうなるだろうっていう見本みたいな男だからな」

アル・ガニーという男の質や、性格そのものを把握しているためか、真木と一慶の使い道まで想定してくれる。

『真木の身体に好きな絵か…』

龍ヶ崎は、十中八九花房の読みで当たっていると思った。

一慶が攫われた上に真木までとなれば、それ以外の何かを考えるのは逆に難しい。

どこかで、なんらかの形で、アル・ガニーは真木を知った。

そして見染めて、欲しいと思った。

刺青にばかり気を取られていたが、相手が本物のコレクターだというなら、もっと他にも気を配るべきだったと思う。

こだわる奴は、すべてにこだわる。

絵なら額にも、そして刺青ならばキャンバスとなる人間そのものにも！

「なんの慰めにもならないだろうが、本人たちが大人しくしていれば、いきなり殺されることはないはずだ。アル・ガニーは、コレクションは大事にする。真木に刺青を入れて傍に置こうっていうなら、最低でも彫り上がるまでは生きている」

龍ヶ崎は、一度真木の立場に立って、今の状況を想像してみた。

一人で拉致されたのなら、誇りを持って自害という選択もあるだろう。

しかし、自分が死ねば一慶はどうなる？

二人で生き延び、魔の手から逃れようと企てるなら、そのためにやれることは？

『────必ずやる。たとえ一慶が嫌がったとしても、やらせるはずだ』

真木と一慶が逃れるための時間稼ぎをするなら彫るしかないだろうと、龍ヶ崎は思った。

「アル・ガニーは刺青が完成するのに、どれほど時間がかかるものか理解しているのか？　彫る範囲、使う色の種類、複雑なものになればなるほど時間がかかる。しかも一慶は手彫りだ。マシンを使うものとは比べものにならない時間を要するはずだが」

龍ヶ崎は花房に意見を求めた。

問題は時間稼ぎに対して、アル・ガニーが持っているだろう許容範囲だ。

それがある程度あれば、彫り始める前に救いに行くことも可能だ。

一言で「刺青を彫る」と言っても、絵柄を決めるところから下絵の制作までに最低でも一日から三日は取れる。ここで悩めば、もう少し時間を稼げるはずだ。

そして、出来上がった下絵を身体に写して、実際針を入れ始めるまでにもう一日。

それまでに救出できなければ、真木の身体に針を入れるしかないだろうが、そうなったとしても一週間やそこらで出来上がるものではない。

龍ヶ崎自身、徳叉迦竜王が完成するまでには半年かかった。

大作を望めば一年以上かかるものだってざらにあるのが、刺青という人肌の上の絵画だ。

「そこは俺たちより詳しいだろうし、ここまで行動を起こしておいて、ちゃちなものを仕上げて満足することはないだろう。それに、時間をかけても傑作を欲しいから、わざわざ自分のテリトリーまで連れ去った。そう考えるほうが正解だろうしな」

花房の答えに、龍ヶ崎はようやく迷宮の出口が見えてきた。

「なら、すぐにバラカートへ行きたい。手配を頼めるか？」

真木や一慶が拉致されてから、一日は移動で潰したと考えても、それからすでに丸一日が経っている。針を入れる前に救出したいと思えば、時間に余裕はない。

「直接入国するのは難しいと思うぞ。アル・ガニーは三年前にクーデターを起こして玉座に就いた男だ。警戒心の強さは半端ない。その上、この状況で日本人が出向けば、どんな難癖をつけて拘束してくるかわからない。おそらく両国の大使を通しても、これぱかりは無理だろう」

しかし、龍ヶ崎にとって真木や一慶が連れ去られた先は、国外という距離以上に遠く、また険しい道のりを要する国だった。

「公の力が使えないってことは、個人で行くしかないってことか」

「それも、隣国を経由して密入国するしかないだろうな」

一難去ってまた一難どころか、一難も去っていないのに、難ばかりがやってくる。

「そのアル・ガニーって奴、何かやばいものには手を出してないのか？　普段からマフィアと通じているなら、定期的に武器や薬を調達してるとか。この際なんでもいいから、外国人が出入りするのに不自然じゃない方法はないのか」

祈るような気持ちで、龍ヶ崎は獅子の牙城に蟻の巣ほどの隙間はないのかと探していく。

「それなら浄水化技術者と工事関係者が月に一度、必ず入国します」

するると、たまりかねたように開かれた扉の向こうから、先日と同じ異国の青年が現れた。

「ワーリス」

思わず花房が口走った。

それが彼の名前のようだ。

龍ヶ崎は、何か情報を伝えようと飛び込んできたワーリスを、じっと見つめる。

「業者ならば、王宮に繋がる水路や浄化槽の点検もしますので、疑われることなく城内へ出入りすることも可能です。しかも、それは日本の企業ですから、現地人以外に日本人がつき添っていても不自然ではありません」

ワーリスはまっすぐに龍ヶ崎のところまで歩み寄ってきた。

やはり野性味のある深緑の瞳が印象的な品のある青年だ。

犯罪者というよりは、亡命者――そう思ったほうがよさそうだ。

「それは、本当か」

「はい。ただ、バラカートはいまだに治安が悪く、出入りしている外国の企業が駐在しているのは隣国・リドワーンです。ですので、まずはリドワーンへ渡り、企業が入る予定に合わせて紛れ込めばどうにか…、と」

龍ヶ崎の問いかけにも、臆することなく返してくる。

だが、今の状況ですべてを鵜呑みにするわけにはいかない。

「なるほど。で、お前やけに詳しいな」

一度はテーブル上に置かれた銃を、龍ヶ崎が握り直した。

「バラカートは私の祖国です。そして私は前国王の遺児。クーデターが起こったときには、アメリカに留学中だったので、こうして難は逃れました。ただ、政権が代わってしまったことで、国には帰るどころか、寄りつくことさえできません。アル・ガニーに見つかれば、私は両親や兄たち同様、即座に殺されるでしょう。それで、巡り巡って、こちらにお世話になっているのですが」

ワーリスは力強く訴えてきた。

すでに龍ヶ崎が、バラカート人に恨みはあっても信頼など微塵も持ってないことを理解しているのだろう。

「お願いです。バラカートへ行くのなら、どうか私を道先案内人として同行させてください。今のバラカートがどうなっているのか定かでない限り、いつどこで何が起こるかわかりません。それに、私なら王宮の中もわかります。牢やハーレム、客間や王の間がどこにあるのかすべて。あなたの大切な人を救い出すのに、必ず役に立てると思います」

ワーリスはその場で跪《ひざまず》くと、龍ヶ崎に向けて祈るような仕草を見せた。

懺悔とも懇願とも取れる眼差しだ。

「なので、どうか…。どうか私を一緒に、私を祖国へ！」

これを逃せば、あとがないのはワーリスも一緒だった。

日本政府は、極秘で保護まではしてくれるが、それ以上のことはしてくれない。したくてもできない立場にあるのだろうことは、花房の顔色を見ればわかる。

バラカートの政権が、国王が代わってしまっている今、ワーリスをこうしてアル・ガニーの魔の手から隠し、守っていることが、すでにできることの限界なのだろう。

「帰りたい…。たとえ殺されてもいいから帰りたいのです！」

龍ヶ崎は、これを神が寄こした手助けと取るか、余計な難題・荷物が増えたと取るかは、自分次第だなと思った。

かなり後者な気はしないでもないが、無理やりにでも前者と信じるしかないだろうが。

「花房。こいつをここから解放し、国外へ連れ出すことは可能か？」

「本人がそれを望むのなら、手を尽くそう。今ならアル・ガニーには日本人の拉致疑惑がある。それを暴くためにワーリスの協力が必要だと申し出れば、どうにかなるかもしれない」

それでも、連れていこうという龍ヶ崎の決意を聞くと、花房はすぐに手続きに動いた。

「許可が下り次第、俺がお前をバラカートまで連れていく。案内を頼むぞ、ワーリス」

「ありがとうございます！」

以前、睨みつけてきたのが嘘のように、ワーリスは跪いたまま頭を下げ続ける。

若獅子どころか、すっかり子猫だ。が、これでは困る。足手まといになりかねない。

龍ヶ崎はワーリスに手を伸ばすと、その顎を摑んで引き上げた。

「ただし――――行くからには、テメェの手でアル・ガニーの命《たま》を獲《と》る。家族の仇《かたき》を討って、政権を取り返すぐらいの気持ちで同行しろ。祖国で死ねれば満足だなんて、甘い奴とは一緒にいられねぇ。死神を呼び寄せるだけだからな」

まずは覚悟の内容を改めろと、気合を入れた。

「は、はい！」

途端にワーリスがしゃんと背を伸ばす。

龍ヶ崎は、今になって入り立ての組員の面倒を見るような気持ちになってきた。

やはり、余計な荷物を増やしたらしい。

「それで、その業者は月に一度、何人ぐらいバラカートへ入るんだ？」

だが、こうと決めたらあとへは引けないのは、龍ヶ崎も同じだ。

この際、真木へ近づくための貴重な情報が得られただけでもよしとした。

「私が知る限りですが、多くても十人ぐらいでした。現場の責任者で石原《いしはら》という者が必ず引率してくるような形になっていて、あとはその時々に、来られる者が同行していました」

「―――ってことは、最高に紛れ込んでも九人が限界か。城内に忍び込んで連れ出すまでなら十分な人数だが、仮に見つかって乱闘になったら…、想像がつかねぇな。ワーリス、宮殿の警備体制がどうなっているのかはわかるか？」

「アル・ガニーの体制になってからの詳細はわかりませんが、第一級の特殊部隊が配属されているのは間違いがないと…」

しかし、子猫に見えても、やはり獅子の子らしい。野生というよりは、もう飼い慣らされたようにしか見えないが、それでもさらりとすごいことを言う。

「はっ。そりゃもう、乱闘じゃなくて戦争覚悟ってことか。こりゃ、同行させる人選でひと揉めしそうだな。うちには俺を筆頭に、命知らずの馬鹿しかいねぇからな」

生まれ育った環境差は、当たり前のようだが大きい。

それをこれから、どれぐらい痛感していくことだろう。龍ヶ崎はそんな予感にかられて、苦笑しか浮かばない。

「龍ヶ崎。ワーリスの許可を取ってきた。あと、リドワーンまでなら、すぐにでも出発できるように手を回した。さすがにプライベートジェットまでは手配できないが、向こうに到着したときに困らないよう、リドワーン大使にも話を通した。なので、そこまでは安心して行けると思う」

席を外していた花房が戻ってくると、至れり尽くせりのセッティングをしてきた。

「そうか。ありがとう」

やけに国のサービスがいいのは、同行するワーリスのためだろうが、そんなことは気にしていられない。龍ヶ崎は、こうなったら佐原の言うように、使えるものはなんでも使うぞという気持ちで、花房の気配りを快く受けた。

「くれぐれも気をつけて。ワーリスを頼む」

「ああ」

「ただし、これだけは許してほしいし、また覚悟もしてほしい。今後一切、日本政府はお前にもワーリスにもかかわれない。非情なようだが、最悪な事態になっても、骨を拾いに行くこともできない。知らぬ存ぜぬをとおす。だから、必ず自力で帰ってこいとしか言えない」

これまで見せたことのない〝しがらみ〟を見せた花房に、なるほどな…と思いながらも、笑ってやる。

「何を今更。国に骨を拾ってくれなんて甘えたことを言う極道が、どこにいるんだよ。はなから野垂れ死にする覚悟がなくて、極道なんかやってられるか。なぁ、ワーリス。お前ももう王子じゃねぇ。とっくに謀反人なんだから、そこは腹を据っとけよ」

龍ヶ崎は、その後ワーリスを連れて自宅に戻り、二時間程度で支度を調えると、日付が変わる前には日本を発《た》った。

真木と一慶を取り戻すために、一路熱砂の国へ――――。

＊＊＊

日本から約五時間遅れのバラカートに、日没が訪れていた。

ようやく目が覚め、意識もはっきりしてきたかと思えば、これから夜だった。

真木はそれを知ると、一気に脱力した。

それでも初めに受けた衝撃が大きすぎたのか、今はそれほど感じていない。むしろ、冷静さと紙一重の開き直りさえ覚えている。

衣類をすべてはぎ取られているという事実以外、拘束もなければ、銃を構えた警備兵が監視しているなどということもないからだろうか？

　パッと見ではわからないだけで、監視カメラぐらいは設置されているだろうが、いずれにしたって室内には自分と一慶しかいない。これは正直言って楽だった。

　真木は裸体に上掛けを羽織ると、ベッドを下りて室内を物色し始める。

　置かれたベッドを基準に、まずは室内の様子から確認する。

　頭側の壁には特に何が飾ってあるわけでもなく、幾何学模様がふんだんに取り入れられた壁紙やちょっとしたアンティーク家具が置かれていた。

　右側の壁には無数のコレクション。

　左側には出入り口があり、小さな窓があるのは足元側の壁だ。全部で三つほどあるが、そのいずれにも鉄格子がはめられている。

　部屋から出ようと思ったら、一つしかない出入り口を使うしかない。

　だが、ここで真木は気づいた。

　ずいぶんと大層な造りの部屋だが、窓に鉄格子がある段階で、ここが客間ではないだろう。ということは、ここよりもっとコレクションが並ぶ部屋が、どこかにあるのかもしれない。

　想像するだけで、鳥肌が立った。気を紛らわそうと窓際まで行く。

「うわっ。見るからに砂漠の国だ。洒落にならねぇ。俺たちどこまで連れてこられたんだ？　ここって麻布《あざぶ》あたりにある大使館の一つじゃなかったのか？」

　外を見るなり、愕然とした。

テレビでしか見たことがないような、砂漠のオアシス――街並みが一望できる。その先には地平線まで見えて、開いた口が塞がらない。

真木は思わず一慶に問いかける。

「おそらく中近東のどこかだろう。それより、本気なのか？　すぐにでも彫れって。わざと下絵まで時間をかけて、助けを待つって手もあるんだぞ」

一慶は部屋の隅に必要な道具を出して、すでに黙々と作業をしていた。

真木が寝ている間、ずっと刺青のデザインを起こしていたのだろう。手元には何枚もの龍の絵がある。

「それで下絵が上がるまで、相手をしろとか言われたら、そっちのほうが最悪だろう。あんな男に押し倒されるぐらいなら、俺は今すぐお前に彫れって言うよ。ケツを掘られるぐらいなら、背中に刺青を彫ったほうが何百倍もマシだからな」

どうせ彫るなら少しでも早くから始めたい。

真木にとって刺青を入れるという行為は、生きるための時間稼ぎであると同時に、身を守るための手段だ。さすがに「傑作を作れ」と言っておきながら、それを本人が台無しにするような真似はしないだろう――そう前提にしてのことだが。

「そういうことか」

「そういうことだ。それより下絵は？」

一慶は納得すると、起こしたデザイン画を纏めて真木に差し出してきた。

「リクエストどおり、昇り龍をモチーフに数点描いてみた」

「へー。すごいな。なんか直情的っていうか、勇ましいより悩ましい気がするけど」

二代目一慶――――天才の名を受け継いだだけのことはあり、真木はデザイン画だけでも圧倒された。

標本にされ、ただの皮となった刺青の絵とはまるで違う。

これだけでも躍動感があり、息吹を感じ、そして温もりも感じる。

「それはメスだ。どうせ彫るなら夫婦龍のほうがいいだろう?」

それもそのはずだった。眠っている間に起こされたデザイン画には、一慶の思いや気遣いが込められていた。

行きかがりで彫るしかなくなった真木にとって、またそれを受け入れるしかなくなるだろう龍ヶ崎にとって、一慶はせめて後悔にならないもの、いっそ二人の絆を深められるものを彫って、自分も悔いのない仕事を成し遂げようとしているのだろう。

それこそ彫り師・一慶が二代に亘り、二人の背中に愛の証《あかし》を残そうと――――。

「夫婦ね。徳叉迦竜王が背負う龍を、一匹増やすことになりそうだけどな」

真木は、奥羽で自分が口にしたことを思い出していた。

何気ない会話の中で口をついた一言だったし、彫ろうとしている場所もだいぶ違う。

だが、それでも龍ヶ崎との夫婦龍ならば、心から彫りたいと思うし、後悔もしないはずだ。

生きてお前の許に戻りたかった。そのためにならどんなことでもできたと言う分には、きっと龍ヶ崎も認めてくれるはず――――。

「奴の徳叉迦竜王なら喜んで背負うさ。お前の龍なんだから」

「そうだな。だから、心苦しいのかもしれないが」

「真木…」

しかし、それでも内心真木は気が重かった。

自分が背負う龍が、龍ヶ崎にとって重荷にならないかが心配で。

「それにしても、これって…道具ごと拉致されてきたのか？」

真木は、描かれたデザイン画を一慶に戻すと、自分からはこれといって選ぶことをしなかった。

最終的には、すべて彼に任せることにした。

二代目一慶が、龍仁会・真木洋平にしか背負えないと思うものを彫ってくれればいい、と。

なぜなら、これは自分の刺青であると同時に、一慶の作品だ。

龍ヶ崎の徳叉迦竜王と対になるに相応《ふさわ》しい絵は、やはり一慶自身が構想し、納得した絵であるほうが確かだろうと考えたのだ。

「ああ。いきなり怪しげな男たちに家に押しかけられて、殺されたくなければ普段から使っている仕事道具一式を出せって言われたんだ。だから、最初は変わった強盗だなと思ったんだが、全部揃えたところでクロロホルムを嗅《か》がされた。あとは、気がついたら道具ごとここにいた」

「それ、単純な方法だけど、よくできてるな」

「感心してる場合じゃないのはわかっているが、やっぱり感心するよな。おかげで、このまま商売ができそうだ」

「確かに」

他愛もない話をしながら、二人は少しだけ笑った。

今はこれだけでも救いだと思った。幸せだと感じた。

二人の戦いはこれからだ。

まだ、始まったばかりなのだから――――。

6

ワーリスと選ばれた舎弟八名を同行し、龍ヶ崎が中近東にある熱砂の国・リドワーンに到着したのは、日本を発ってから半日後のことだった。

時差は日本の五時間弱遅れ。春先の東京と違い、日中最高気温はすでに三十度を超えた真夏の世界だ。

ただ、近年日本でも猛暑が続くためか、龍ヶ崎は想像していたよりも、この暑さが過酷だとは感じなかった。湿度は明らかに日本より低いが、冬期の終わりという季節のおかげか、少し乾く程度で、梅雨時季の日本を考えれば快適なぐらいだ。

これなら突然連れてこられた真木や一慶も、気温差で苦しむことはないかとホッとした。

もっとも、コレクション同様の価値を見いだして連れ去った二人を、エアコンもないような一室に監禁しているとは考えづらかったが――――。

それでも、今は一つでも安心できる要素があるに越したことはない。

龍ヶ崎は、見るもの触れるものに、これほど敏感になっている自分を初めて経験していた。

この俺がなんて滑稽《こっけい》なんだと、笑える余裕もないままに。

「お待たせしました。バラカート担当の責任者を連れてきました」

リドワーン到着後、龍ヶ崎たちが現地の大使たちに誘導されるまま向かったのは、ワーリスが教えてくれた日本企業の支社だった。

聞けば、ここに支店が作られたのは三十年近くも前のことで、当時から砂漠の国々が抱える水問題に意欲的に取り組み、貢献してきた。

普段気にもしないが、日本の浄水技術は世界でもトップレベルだ。

海水を真水に変えることに成功している今、砂漠の緑地化も夢ではなくなってきている。

まだまだ研究段階にあるものも多いが、それでもここ三十年の成果は飛躍的なものだ。

龍ヶ崎たちが到着してから、接触してきた誰もが親切にしてくれるのは、単に彼らの国民性だけではないだろう。ずいぶん前からこの地を訪れ、生活の中で日本人への感謝と敬意を育んできた、多くの技術者たちの努力と成果の賜物《たまもの》だ。自分たちは、その恩恵を受けているに過ぎないと、龍ヶ崎は痛感していた。

「初めまして。橘《たちばな》化学エンジニアリング株式会社、アクアシステム事業部の石原と申します。お話は多方面からお聞きしましたが、バラカートへ入国を希望されているとか？」

「はい。そうです」

龍ヶ崎たちが待機していた応接間に現れたのは、すでに肌を浅黒くした中年の日本人男性だった。

これ自体は、あまり聞き覚えのない社名だったが、頭についた「橘」の文字は、日本のトップ企業であることを意味していた。

それは龍ヶ崎にもすぐにわかった。龍仁会が縄張りに持つ銀座の中には、この橘系列の代表的な事業がある。

世界の主要都市に支店を持つ老舗の高級ホテル・マンデリン東京――橘コンツェルンが巨大複合企業と言われる所以《ゆえん》は、やはりこのジャンルの幅の広さだろう。石原は、大企業に勤める社員らしく、きちんと名刺を出して挨拶をしてきた。

龍ヶ崎には普段縁のないやりとりだけに、少しばかり恐縮する。

出された名刺を受け取ったところで、返すものがない。

この場に用意してきているのは、謝礼用の小切手。あとはリドワーン国内で揃える予定の武器代をはじめとした必要経費ぐらいだ。

いずれにしても、この場には相応しくない。自分が石原なら、なんの誠意を感じないだろう。

「かなり込み入った事情のようですが、バラカートは新体制になってから、かなり危険な国になっています。正直申し上げて、簡単に協力しますとは言えない状態で――」

「決して、迷惑はかけません。同行していただくあなたのことも、我々が責任を持って守ります。なので、どうか我々をバラカート国内まで誘導してはもらえないでしょうか？」

しかし、事態は一刻を争っていた。

龍ヶ崎は、まずこの男の協力が得られなければ、バラカートへ近づくことさえ難しかった。

それは、空港からここに来るまでに、リドワーン大使や在住の日本大使が懇々《こんこん》と説明してくれた。

終始言われたのは、「ここは日本じゃない。ヤクザ同士で抗戦になっても、百パーセント死ぬことはないが、ここで誤った行動をとれば死に直結する」ということだった。

こうした空港があるような大都市だけを見ると誤解しそうになるが、一歩街を出れば、そこは一面砂の世界だ。

風と共に姿を変える砂丘と、太陽と星しかない世界が果てしなく続くのだ。

どんなに「今ならカーナビある」と言ったところで、車が故障でもすれば、それで終わりだ。

バラカート国内でどうこうする前に、迷子になったら最後だと、特に日本大使にはここぞとばかりに言われたのだ。

郷に入っては郷に従え。余計なプライドや意地は、この場で捨てていけ！　と。

夜の銀座で出会ったのなら、絶対に目も合わせずに通りすぎるだろうに。やはり環境は人を強くするようだ。

「お願いします」

それでも彼らは龍ヶ崎に対して、誠心誠意説明してくれた。危険だ、行くなと言ったところで聞かないから、すでにここまで来ていることも理解していたのだろう。だからこその叱咤激励をしてくれたのだ。

その気持ちを真っ向から受け止めたからこそ、龍ヶ崎はその場で膝を折った。

両手もついた。

「組長っ！」

「―――俺も！」

その姿に驚くも、舎弟たちもすぐにあとを追う。

全員が両手をついて頭を下げる。

「お願いします。どうか、どうか俺たちを目的地へ！」

「死んでもあなたの命だけは守りますから！」

今必要なのは、目の前の男の協力であって、それ以外の何物でもない。

真木や一慶を取り戻すためには、何が何でも手に入れなければならないのだから、努力しないわけにはいかない。

それを龍ヶ崎自身が先陣を切って示したのだ。彼らとて、あとに続くしかない。

「しかし…」

「石原！　どうか、お願いだ。私を、私をバラカートまで連れていってくれ！」

すると、舎弟たちの後ろに隠されていたワーリスが、たまりかねて飛び出してきた。

顔を隠すように深くかぶっていた帽子を脱ぐ。

「――――っ」

石原は、その姿を見るなり息を呑んだ。最初は幽霊でも見ているような顔もした。

「どうした？　石原。私の顔を忘れたのか。あんなにたくさん遊んだのに…。日本語も教えてくれたのに。一緒に川の掃除もしたのに、もう忘れてしまったのか？」

「ワーリス王子？　まさか、留学先で事故に遭われて亡くなられたと聞いていたのに。本当にワーリス王子なのですか」

龍ヶ崎は、二人のやりとりをただじっと見つめていた。

この先は、顔見知りなのだろうワーリスに任せるしかない。

「そうだ。私はアル・ガニーの追っ手から逃れるために、死んだことにされていた。いろんな国の人たちが協力し合い、そうすることで私を守り続けてくれたんだ」

もちろん、どうにもならなければ、ヤクザらしい脅しでいくことも考慮していたが、何の関係もない人間に「命懸けで付き合え」と言っていることは確かだ。

嫌だと言われたところで、致し方がないという気持ちもあった。

「――ただ、その代わりに私が世に出ること、バラカートへ帰ることは、絶対に許されなかった。今回、それが許されたのは、アル・ガニーが日本から二人の男性を拉致したから。それを、危険を承知の上で龍ヶ崎が救出に向かうと決めたからだ」

そうでなくとも、石原は自身の仕事を通して砂漠に住む者の命を守り、そしてときには救ってきた。

よくよく考えれば、真木や一慶の命でも替えられない。

命の重さに違いがないなら、より多くの人のためになる命まで危険には晒せないだろう。

龍ヶ崎は、その場で正座をしながら、結果を待つしかなかった。

「私は、龍ヶ崎が受け入れてくれたから、彼を案内するという名目のおかげで、ここまで来ることができた。彼にはこの恩を返さなければならない。アル・ガニーによって攫われた彼の大切な人たちを救出し、日本へ帰し、そして何よりこの手でアル・ガニーからバラカートを取り戻さなければならないんだ」

「ワーリス王子」

「お願いだ、石原。今のバラカートには確実に、そして安全に入国できる手立てが他にないんだ。入国後、どんな危険が待っているかもわからない状態なのに、その上危険を冒してまでバラカートへ行くのでは、戦う前に力尽きてしまう。それでは、意味がない。意味が…ないんだ」

とはいえ――――、龍ヶ崎はこの状況で結論を石原に迫るのも、どうかと思えてきた。

そう感じたところで、龍ヶ崎の中に結論は出ている。

覚悟を決めて立ち上がった。

「もういい、ワーリス。俺たちに巻き込んで、そいつが死んだら、もっと意味がなくなる。この先、被害に遭う必要のない人間まで、場合によっては被害に遭うからな」

「龍ヶ崎！」

「行こう。この国にも裏で商売してる奴はいるだろう。ヤクザはヤクザらしく、金と力にものを言わせるほうが似合いだ」

舎弟たちを立たせ、そしてワーリスに「行くぞ」と合図した。

石原には軽く会釈をしてから、その場を去ろうと背を向ける。

「待ってください！」

しかし、そんな龍ヶ崎を止めたのは石原だった。

振り返ると、彼が苦笑を浮かべていた。

「――――私が行きます。次の工事で入国するのは明後日です。あなた方をバラカートへ誘導します」

いったい何が彼に、これほどの決心させたのか。

龍ヶ崎は、「ありがとう」と喜ぶ前に、かえって不思議に思った。

多少の正義感だけで、できる決心ではない。

「そんな疑った顔をしないでください。リドワーンには、ヤクザやマフィアに相当する組織がないんです。王制にして軍事国家ですから、表裏も何もなく実権のすべてが中央政府と王室に集中しています。ですので、仮にこの国の誰かがあなたの希望を叶えるとしたら、それは日本人の妃を持つリドワーン国王になる。彼はとても親日家だ。決して今回のことを、見て見ぬふりはしないでしょう。ただ、それであなた方が潜入先で失敗したら、バラカートとリドワーンで戦争になりかねません。それこそ被害拡大です。私の命一つには替えられませんから」

しかし、石原の決心を誘発したのが、実は龍ヶ崎の無知だとわかると、返す言葉もなくなった。

そういうことは先に教えとけよ、花房！　と思ったところで、もう遅い。

花房は、だから初めから「無理だ」と言ったし、「行かせたくない」とも言ったのだろう。

そこへワーリスが入れ知恵をしてきたから、「それなら」と希望を持った。

話が進むうちに、「もう、これしか方法がないだろう」と判断したから、その後はできる限り手も尽くしたのだろう。

「ただ、私にもまだまだやり残していることがある。夢も希望もありますから、ここで死ぬのはごめんです。協力するからには、成功してもらわなければ困ります」

言葉を失くす龍ヶ崎に、石原は気持ちが固まったのか、見る間に顔つきを変えてきた。

つい先ほどまで日本の実直なサラリーマン、それも穏やかで人のよさそうな、清水のような目をした男だったはずなのに、なぜか今は闘志さえ感じる。

しかし、それもそのはずだった。

「拉致されたお二人の救出はもちろんのこと、ワーリス王子による政権と王座の奪回。アル・ガニー王の逮捕。これらがすべて揃わなければ、失敗も同然です。我々が殺されるだけでなく、アル・ガニーは私たちの故郷や私の所属する会社組織にも難癖をつけるでしょう。それがどんな規模になるのか――想像がつかない、相手は国家権力者なのですから、リスクは計り知れないのです」

積雪を転がる雪玉のように、話が一順ごとに大きくなっていた。

だが、それを真に受けワーリスに、「行くなら親の仇を討つぐらいの気持ちで」とは言った。なおかつその言葉を真面目に受け止

確かに龍ヶ崎はワーリスが「仇を討つ」と宣言し、める人間が現れると、こういうことになるらしい。

勝手にバラカート行きの目的が増えていく。

「ですので、実行するからには、万全の準備を調えていかなければなりません。これはもう、拉致された二人の救出劇ではない。バラカートに再びクーデターを起こすのですから！」

龍ヶ崎は、力強く言い放った石原を見つめて頷くワーリスの顔を横目で見ると、「やはりこいつは」と思った。

つは余計な難題・荷物だった」と痛感した。

今更「預かってくるんじゃなかった」「話だけ聞いて、置いてくるんだった」とは、言えなかったが――。

＊＊＊

一歩たりともあとへは引けない状況に立ち、バラカート入国を目指すための最終準備に入った龍ヶ崎だったが、真木はそうとは知らずに日々激痛と戦っていた。

『くっ…っ』

すでにバラカートに連れてこられて五日が経とうとしていた。

真木の背には〝筋彫り〟と呼ばれる絵の輪郭となる細い線が入れ始められていた。

これは針を五、六本纏めただけの一番細いもので、肌に刺す箇所が一点に近いため、作業の中でもっとも激痛を伴う工程だった。一慶もそうとう慎重に進めている。

『――くっ』

真木は自らタオルを噛んで、猿轡《さるぐつわ》にした。極力痛みをごまかし、悲鳴やうめき声を殺すためだった。

「今日はここまでにしておこうか？　少し休んだほうがいいかもしれない」

一慶が気を遣うも、首を横に振る。

真木にとって、これは苦痛と引き換えることができる安心だ。

こうして作業している間は、誰も二人には近づかない。

アル・ガニーも監視カメラで様子を見るだけで、直接部屋には入ってこない。

それだけ繊細な作業であり、ミスが許されない作業だということを、アル・ガニー自身もわかっている。これは真木にとっても一慶にとっても一番の救いだ。

「なら、もう少しだけ続ける。だが、肌にも彫り続けられる限界はある。それが見える前には、休憩に入るからな」

「――――ん」

そうして再び、細い針が背を刺し始めた。

刺すたびに激痛が真木を襲い、肌には血が滲んだ。

真木の背には、まるでミミズ腫《ば》れのような細い線で、一枚の絵がその姿を現し始めている。

『ぐっ！』

真木は、あの日彫り込む絵柄を完全に一慶に一任していた。

それを受けた一慶が徹夜で仕上げた下絵――――色まで入った完成予定画には、メスの昇り龍だけではなく、古事記に登場する一柱の女神・木花開耶姫命《このはなさくやひめのみこと》がメインとなって中央に加えられていた。

『耐えろ、真木。これはお前が望んだ絵だ。刺青だ。これで俺は、完全に義純と一つになれるんだ。一緒に、すべてを背負うんだ…っ』

桜吹雪の中、天を目指して昇るメスの龍。そして、その龍を押し上げるかのような気を発し、両手を合わせて祈り立つ古《いにしえ》の美しい女神。

木花開耶姫命という女神が、いったいどんな意味や謂《いわ》れを持つのかはわからなかったが、真木は「これを彫ろうと思う」と見せられた瞬間、これこそが徳叉迦竜王の対絵なのだと悟り、感動から身体中に震えが走った。

龍だけのときは、すべてを龍ヶ崎に背負わせるような気がして心苦しかった。

だが、ここに木花開耶姫命が入ったことで、真木は龍ヶ崎と共に一緒に龍を、龍仁会を自分が背負うのだと感じることができた。

『仕上がるまでには、絶対に義純が助けに来てくれる。時間さえ稼げば、俺たちにだって、脱出のチャンスが巡《めぐ》ってくる――――痛っ』

真木にとっては、この感動こそがすべてだった。

だから、一慶があえてこの女神を選んだ所以を説明しようとするも、それを聞かずに「すぐにでも彫ってくれ」と口にした。

一慶は、「なら説明は追い追い」と笑って返した。

ただ、さすがにそれですぐにとはいかず、本格的に彫りの作業準備に入ると、アル・ガニーが確認に現れた。

絵柄を見るなり「これはこれで素晴らしいが、徳叉迦竜王と似ている」と、眉をひそめた。

しかし、それに対して一慶は、「構図がどうであろうが、この一枚が徳叉迦竜王を越える。これが完成した暁には、二度とあれに目が行くことはなくなる」と言い放った。

自信と気迫に満ちた職人の目は、しばしアル・ガニーをも圧倒したのだ。

その上、「この女神の持ち主は、かつてない至福と最高の優越感を得るだろう」と言い放ち、アル・ガニーに「ならば、彫れ」と言わせた。

これは一慶の話術と作戦勝ちだった。

実際、女神の主は真木、もしくは龍ヶ崎だ。

だが、それを少しでも匂わせれば、アル・ガニーはむきになって「絵を替えろ」と言い出すだろう。それでは、この一枚を生み出した意味がない。

一慶は、全身全霊で「この龍をも従える女神が、お前のものになるんだ」と、アル・ガニーの物欲を煽り、また優越感を誘った。

そこには作品にこだわる貪欲な彫り師の顔しかなかった。

それも、今こそ初代を越えるのだという野望さえ感じさせるものだ。

一慶は、アル・ガニーのコレクター精神をより強く突くことで、最初の難関になるであろう「彫る絵を認めさせる」ことに成功したのだ。

『義純っ…。義純――――』

こうなれば、あとは彫り始めるだけだ。一慶は、床に真木がうつ伏せになれるよう、畳と布団代わりになるものをアル・ガニーに用意させた。

作業が開始されれば、真木は身体に針を刺される痛みに耐え続けるしかない。

これに耐えられずに、途中でやめてしまうと、半彫りと呼ばれる状態になる。

作品が未完成になる以上に、そうはなりたくなかった。

始めたからには最後まで――。

真木は今一度、自分が漢として試されている気がした。

「大まかな筋彫りが終わった。一度休憩を入れよう」

そうして数時間が経ったときだった。

一慶が真木の傍から離れると、突然部屋の扉が開いた。

「っ⁉」

銃を持つ何人もの護衛に囲まれ、アル・ガニーが現れる。

その姿を見るなり一慶の顔つきが一変した。

真木は、長時間に亘って激痛と戦い続ける疲労感、そして発熱のために意識を持っていかれてぐったりとしている。

瞳にアル・ガニーの姿は映すも、それだけだ。睨む気力さえない。

「なんと艶めかしい姿だ。苦痛で歪む顔さえ、君は魅力的だ。さすがにもう、見ているだけでは気持ちが治まらなくなってきた」

しかし、傍へ寄ってきたアル・ガニーが手を伸ばすと、真木は本能的に身を捩《よじ》った。

触れられまいとして、気だるい上体を起き上がらせる。

「作業の途中で、無茶なことはするな。すべてが台無しになる」

すぐさま一慶が真木を庇うようにして、アル・ガニーとの間に割って入る。

神経を張り巡らせて作業に当たり、疲労困憊しているのは一慶も同じだ。

しかし、彼の華奢な後ろ姿からは、作品を守る以上に真木自身を守ろうという決意が窺える。

全身から気迫が漲っていた。

「ならば、今宵はお前が相手をしろ。男としては華奢で物足りないが、美しいことに変わりはない。一慶のすべてを私のものにすると考えれば、悪くない遊戯だ」

「――――いいだろう」

しかし、それはアル・ガニーにこれまでにはなかった興味を与え、欲望を生むことになった。

真木は二人のやりとりを耳にした瞬間、一慶の腕を摑む。

『よせ！』

『大人しくしておけ。これも俺たちが生き延びるための手段の一つだ』

目と目を合わせれば、もうお互いが言わんとすることは、自然とわかる。

真木が背中に彫ることを決めたのが生き延びるためなら、一慶がここで男の寝間の相手をするのも、また生き延びるためだ。

何が何でもここから脱出する、二人揃って日本へ戻ると決めた一慶には迷いはない。

真木の手を握りながらもそっと外すと、その場から立ち上がった。

「全裸になってベッドで上がれ。せっかくの遊戯だ、ここでしよう」

「いろんな意味で〝いい趣味〟ですね」

嫌味たっぷりにそう言って、後ろで一つに結んでいた髪をほどいた。

『一慶！』

肩にかかった髪が波打ち、これまでとはまた違った色香が漂った。

一慶は、唯一羽織っていたカンドゥーラを脱ぐと、それを足元に落としてベッドへ向かった。

そして、これが彼の処女作なのだろう。両脚の腿の部分には、勇ましくも美しい雷神と風神が左右から向き合う形で描かれている。

「お前、それを私に寄こして、奴の身体を少しほぐせ」

それをいやらしげに眺めながらアル・ガニーが指示を出す。

目が合った護衛の顔が、嬉々としたものになった。

抱えていたライフルをアル・ガニーに差し出すと、ベッドに上がった一慶めがけて襲いかかる。

護衛は有無も言わせず一慶の脚を開くと、身体を割り込ませてズボンの前を寛げた。

「やめろっ！　そいつには手を出すな」

しかし、それは真木にとって、何をもってしても許容できることではなかった。

自分が痛手を負うことには我慢ができても、他人を傷つけられることには我慢がならない。

ましてや相手はここへ来て身内同然となった一慶だ。真木は叫ぶと同時にベッドへ走った。

「――――放せ！」

一瞬にして護衛二人に両腕を摑まれ、押さえられる。

「生きがいいのは好みとするところだが、私のすることには逆らうな。そうでなければ、このままの姿で標本にしてしまうぞ。まあ、それも一興だが」

「上等じゃねぇか。テメェ、日本の極道をなめんじゃねぇぞ！」

振りほどいて、アル・ガニーに飛びかかろうとするも、彼は一笑すると同時に手にしたライフルをベッドへ向けて発射した。

真木の背筋が凍りつく。銃声が響くと同時に男のうめき声が上がる。

「一慶っっっ！」

だが、背後から肩を撃たれてベッドから転げ落ち、その場でうずくまったのは屈強な衛兵のほうだった。

ベッドには青ざめた一慶が、ただただ呆然としている。

「アル・ガニー様！」

さすがにこれには護衛の仲間も声を荒らげた。

「誰が犯せと言った。私は少しほぐせと言ったのだ。そいつは私の命令に背こうとした。当然の報いだ」

アル・ガニーは表情一つ変えずに言い放つ。

真木は、自分の護衛さえ意に染まなければ手にかけるアル・ガニーに、恐怖以上に怒りを感じ始めた。

「テメェ…」

血肉が熱くなるのが抑えられない。

筋彫りだけとはいえ、その背に刻まれたばかりの龍が、そして木花開耶姫命が、まるで炎のように赤々と浮き上がる。

「どうした？　これはまたずいぶんといい顔をしているな。そういう君を見ていると、ぞくぞくとしてくる。やはり抱くなら君がいい。その屈強な眼差しが甘美なものに変わる瞬間は、さぞ最高のエロスを感じさせてくれるはずだ」

アル・ガニーが持つライフルは、いまだにベッド上の一慶に向けられたままだった。

「さあ、ハァビヴ。そこに四つん這いになりたまえ。全裸のまま獣のような姿をして、私に女神を向けるんだ。傑作に触らぬように、抱いてやる」

侮辱的な要求をすると同時に発射する。狙い澄ましたように一慶の右腿にある風神を撃ち抜き、真木を追い詰める。

「うっ」

「一慶っ！」

「仕事の支障にならない部位なら、まだいくらでもある。さ、言われたとおりにするんだ」

従わなければ、アル・ガニーは再び一慶を撃つだろう。

それも、いたぶりながら、じわじわと。

「真木…っ。いい――――従うな」

一慶は、撃たれた脚を押さえながらも必死で訴える。

だが、アル・ガニーはなおも引き金にかかった指に力を入れようとしている。

銃口は一慶の左腿の雷神に向けられた。

「わかったから、やめろ、撃つな!!」

真木は、アル・ガニーに従うしかなかった。

「もたもたするな。四つん這いになって私に女神を向けろ」

膝を折り、両手を突いて、背を向ける。

屈するしかない真木の姿に、一慶は両目をつぶって奥歯を噛む。

「ハァビヴ。お前は本当に素晴らしい。この絵が完成した暁には、世界で一番美しい伴侶であり、またペットになるだろう」

「――――っ!」

しかし、そんな真木の後孔に、アル・ガニーはライフルの銃口を突きつけてきた。

「その前に、少し調教がいりそうだがな」

「っ!!」

グイと押しつけられると、真木に肩を落として、尻だけを上げるように指示をする。

そして、手にしたライフルを左右に振って、銃口を中まで突き入れた。

火を噴いたばかりで熱の残るそれで、アル・ガニーは真木を犯す。

『――――っっ』

想像し得なかった屈辱に、真木は全身を真っ赤に染めると、奥歯を噛んだ。

鉄の筒が体内を行き来するたびに、中の肉壁が擦れて悲鳴を上げる。

『生きて…日本に帰る。義純のところへ…帰る？』

真木は、両手で作った拳を、力いっぱい握りしめた。

『下手をすれば、遺体になったところで帰れるかどうかもわからないのに…。こんな奴に心身共に汚されてまで帰りたいのか、俺は？』

両目をしかと見開き、振り返る。

自分を見下ろし、うすら笑いを浮かべながら凌辱し続けるアル・ガニーを見つめて、今一度自身に問いかける。

『――――ふっ。馬鹿を言えよ。こんな野郎に服従したあとで、どの面《つら》下げて帰るんだ。もう、帰れるわけがねぇ！』

答えはすぐに出た。

「そら、いい具合にほぐれてきた。もっと中まで入れてやろう」

「あぁっ――――っ」

真木は、後孔を激しく銃で犯されながら、心に誓った。

『こいつ、殺す！　刺し違えても、殺す！』

殺るか殺られるか、チャンスはあとにも先にも一度きりだろう。

失敗すれば自分だけではなく、一慶も道連れになる。

しかし、ここまできたら一慶は運命共同体だ。いずれは嬲《なぶ》り殺されるかもしれないことを考えれば、真木は一慶に向かって胸中で叫んだ。

一慶、俺と一緒に死んでくれ――――と。

「そら、フィニッシュだ」

「――――ぅっ！」

ひときわ強く、深く奥まで突かれると、真木は苦痛からうめき声を漏らした。

アル・ガニーは真木をいたぶるだけいたぶると銃身を抜き、中から糸のように引く血の混じった粘液を見ると、口元だけで微笑む。

「よく潤ったようだ。さあ、次は私のもので愛してやろう。もっと脚を開いて、自分からねだれ。どうか、この淫らな後孔にもっと刺激をくださいと。ご主人様の愛で、満たしてくださいと」

真木は、両手に力を入れると共に身を翻し、その勢いのまま立ち上がった。

「ふざけんじゃねぇ。俺は日本の極道だ。龍仁会のナンバーツー、真木洋平だ。テメェなんぞに請うものなんか、何一つありゃしねぇよ！」

叫ぶと同時に飛びかかってきた真木に、アル・ガニーが迷うことなく銃を向ける。

「真木！」

そして、真木の心の叫びが届いていたのか、それに合わせて一慶も渾身の力でベッドから飛び下りた。傍にいた護衛たちがいっせいに一慶らに銃を向ける。

「――――ぅっ！」

しかし、真木と一慶は二人揃って、あえて目の前に突きつけられたライフルの銃身を両手で掴むと、その銃口を自らの胸に固定した。

アル・ガニーに、護衛に、二人は「いつでも引き金を引け」と、最高に美しい笑みを向ける。

「貴様…っ」

アル・ガニーの唇が怒りで震えていた。

護衛は指示がなければ動けない。ただただ緊張するまま一慶と睨み合うだけだ。

「さあ、撃てよ。撃てばすべてが終わる。俺も俺の背中の奴らも、一生お前だけのものにはならない。一慶も、そしてその傑作も、死んでもお前のものにだけはならねぇからよ！」

真木は、龍ヶ崎に「ごめん」と謝りながらも、アル・ガニーを挑発した。

「ほら、撃てるものなら撃ってみろっ！」

声を荒らげると、銃身を掴んだ手に力を込めた。

奇声を上げると同時に、アル・ガニーが引き金にかけた指に力を入れようとした。

「おのれぇっっ！」

だが次の瞬間、続け様に二発の銃声が室内に響き渡り、男のうめき声が上がった。

「避けろ真木！」

「うっ！」

発射された弾丸の一つは水槽のガラスを撃ち抜き、一瞬にして砕け散る。中からはホルマリン液が噴き出すと共に、納められていた遺体が倒れ出た。

「――――っ」

命じられるまま銃身を離した反動を利用し、身体を横に倒した真木の足元には、背後から肩を撃たれたアル・ガニーが倒れてくる。

「私の…っ、私のコレクション…っ」

アル・ガニーが発砲し、水槽を撃ち抜いたライフルが床へ転がり、真木は一瞬頭が真っ白になった。

一体何が起こったのか、わからない。ただただ全身が凍りつく。

「何がコレクションだ。悪趣味が」

すると、アル・ガニーを撃った者が、銃を構えたままの姿で、真木の傍まで寄ってきた。

「待たせたな。迎えに来たぞ」

咄嗟とはいえ、真木が声に反応できたのは、やはりこの男の声だったから。目慣れぬつなぎ姿で現れた龍ヶ崎の命令だったからに他ならない。

「…義純…っ」

真木は、肉体以上に目頭が熱くなってくると、自然と涙が溢れ出た。

「これは、いったい」

龍ヶ崎の姿を見てもなお、緊張が抜けないのは、彼の両脇にライフルを構えたつなぎ姿の舎弟たちがいたから――ではなく、その後ろにはいったいどこの国の軍隊なのか、ざっと見ても一個中隊が控えていたからだった。

完全武装した彼らは、出入り口を包囲するだけでなく、すでにアル・ガニーの護衛たちを捕えている。中には一慶の怪我の応急処置に当たってくれている者たちまでいたぐらいだ。

「なっ…っ、どういうことだ、これは」

異変に気づき、撃たれた肩を押さえながらに、アル・ガニーが上体を起こした。

この状況が一番理解できていないのは、どこの誰よりアル・ガニーだろう。龍ヶ崎が真木を庇うようにしながら前へ出る。

「お前、王になるには、国民に嫌われすぎだ。なんなんだよ、この国は。遠路はるばる来たことだし、こうなったらデカイ花火でも打ち上げて、派手に戦争してやろうと思ったのに、誰一人歯向かってこなかったぞ。それどころか、待ってましたっていう歓迎ぶりで、ここまで案内されてきた。戦意喪失もいいところだ」

すると、龍ヶ崎は呆れた顔で言ってのけた。

拍子抜けしたというよりは、やはり呆れが勝っていたようだ。いったい自分はどこまで予想を裏切られ、またいいように弄《もてあそ》ばれるのだろうと思ったのかもしれない。

「もっともここまで歓迎されたのは、真にバラカート王として国民に望まれていたんだろう、こいつがいたからだろうけどよ。来い、ワーリス」

舎弟の中に紛れていた青年を呼ぶと、その姿をアル・ガニーに確認させた。

「――――ワーリス？　まさか、生きていたのか…っ？」

武装姿も凛々しいワーリスに、アル・ガニーは信じられないという顔をする。

クーデターは三年前だ。しかも、当時ワーリスは海外留学していたのだから、アル・ガニーの中には、少年だった頃の末王子の記憶しかなかったのだろう。前王や、兄王子たちの面影が色濃くなっているワーリスの姿に、亡霊でも見たような怯え方だ。

「宮殿は前王派が完全に制圧した。今度はお前が追われる番だ、アル・ガニー。もはや裁判にかける必要もない。お前は私利私欲のために国を乗っ取り、前国王夫妻とその一族を手にかけた。神の恵みを受けた国・バラカートをめちゃくちゃにし、国民を不幸にした。バラカートの神は、お前に死をもって償うことを望まれている」

ワーリスはアル・ガニーに対し、冷ややかな口調で言い放つ。

一歩、また一歩と近づきながら、両手で構えた銃を後ずさるアル・ガニーへ向ける。

「よせっ、よせ！　アル・ワーリス」

照準を定め、撃鉄が起こされると、青ざめたアル・ガニーが悲鳴を上げた。

「死ね、アル・ガニー。父上と母上、兄上たちの仇！」

ワーリスが引き金にかけた指に力を入れる。

だが、その手は発砲する前に、突然龍ヶ崎によって押さえられた。

「やめておけ。一度でも人を殺《あや》めた手で、平和な国を統治できると思うな。それに、こいつは俺の獲物だ。この龍ヶ崎義純のな」

「龍ヶ崎!?」

ワーリスが驚いて振り返ったときには、龍ヶ崎は自分の銃をアル・ガニーに向け、二発目、三発目と発砲した。

「うっ！　うっ…っ!!」

一発目とは反対側の腕、そして右の腿に銃弾がめり込む。

いずれも急所を外しての発砲といえ、その分が怨念さえ感じられる。

『…義純…っ』

しかも、これだけでは気が治まらなかったのだろう。龍ヶ崎は全裸にされているどころか、太腿の内側に血を流していた真木のほうをチラリと見ると、最後は「死ね」とつぶやき、アル・ガニーの股間に四発目を撃ち込んだ。

「うわぁっっっっっ！」

即死に繋がる急所ではないにしても、場所が場所だ。アル・ガニーの悲鳴は断末魔のようだ。

これには真木や舎弟、ワーリスさえも目を逸らした。

「この場で仕留めてやりたいのは山々だが、我慢してやる。おそらくお前みたいな奴は、晒し者となって、処刑台に行くほうが苦痛だろうからな」

それでも龍ヶ崎にとって、真木や一慶を拉致され、傷つけられた恨みへの本当の報復はこれからだった。

「寿命の限り苦しんでおけ。死んだあとは、もっと地獄で苦しむだろうけどな」

この場でアル・ガニーを殺さなかったことこそが、今後の彼を一秒たりとも楽にさせない、苦痛だけを長引かせるための最良の方法だったのだ。

＊＊＊

呆気ない結末によって倒れたアル・ガニーは、龍ヶ崎の絶妙なコントロールで撃ち込まれた銃弾のために、重傷は負ったが命に別状はなかった。

いったん病院に運ばれて手術を受けるも、その後は警察病院へ直送となった。

とはいえ、どれほど呆気ない幕切れにしても、一国の政権交代だ。

それもクーデターによる前国王派の政権奪回、前国王の遺児であるワーリスによる王座の奪回とあって、しばらく落ち着くことがないのがバラカートの現状だ。

それがわかっていて、長居をしたいとは思えない。

正直に言うならば、どんなにワーリスが「お礼をしたい」「少しでもバラカートの印象をよくしてから帰国してほしい」と願ったところで、龍ヶ崎にしても真木や一慶にしても、「それはごめんだ」の一言だ。

本当の意味でホッとしたい、安心したいと思えば、自宅で寛ぐのが一番いいに決まっている。

心配して待っている者たちだって、一刻も早く顔を見たいだろうし、自分たちも見せたい。

龍ヶ崎は新国王となるワーリスには、「本気で礼がしたいならチャーター便を用意しろ。一秒でも早く俺たちを日本へ帰せ」と要求した。

どんなに石原にまで、「一日ぐらい観光していけばいいのに」と言われても、「それは今度改めて」と笑って、龍ヶ崎たちは逃げるようにして日本へ戻ったのだ。

もちろん、二度とバラカートへもリドワーンへも行くつもりはなかった。

それは今回のことがどうこう、気候や生活習慣がどうこうなんてことが理由ではない。

龍ヶ崎は、現地にマフィアもいないような土地なんて、冗談じゃないと本気で思っていたのだ。

ヤクザにとって、国家権力しか存在しないような国なんて、これほど物騒な場所はない。

そんなところへなど二度と行きたいとは思わない。

裏と表は別々だからいいのであって、すべてが表でも裏でもやりにくいものだ。

龍ヶ崎は改めてそのことを痛感すると、母国にこれまでにはなかった価値を見いだした。

〝表だろうが裏だろうが蛇が行く道は「蛇の道」だ。漢が行く道を「極道」とするのとなんら変わらないよ〟

王道があるから邪道がある。

蛇の道があるから極の道もある。

ときには道の多さに悩むこともあるだろうが、それでも選んで進める道があるだけ日本はいい。

いつになく、そんなことまで感じて――――。


帰国後、自宅の寝室で二人きりの夜を迎えると、龍ヶ崎と真木はようやく心からホッとした。

脚に銃弾を受けた一慶は、鬼塚の申し出により、怪我が落ち着くまでは彼のところで療養することになった。

面倒を見てくれる者たちは山ほどいる。何一つ不自由することはない。

真木の彫りかけの刺青に関しても、一慶の回復を待って再開することになっている。一応筋彫りまでは終わっているので、それでもなんの問題もない。すべてにおいて今夜は安堵できたのだ。

『帰ってきたんだな――――ここへ』

真木は、心も身体も求めるまま龍ヶ崎に甘え、寄り添った。

そして龍ヶ崎もまた、やっと取り戻すことができた伴侶を心行くまで抱きしめる。

「もう、笑い話にしかならないって。こっちは本気で戦争覚悟、舎弟たちも生きて帰れるなんて思ってなかった。マシンガンからランチャー砲まで仕入れて、ぶっ放す気満々だった。それなのに、作業員のふりまでしていざバラカート国内へ入ってみたら、すでに石原から連絡を受けていた前国王派の残党たちが現国王派のトップを内密に説得して、無条件降伏させたあとだった。もともとアル・ガニーに唆されただけの連中で、前王への恩が捨てきれないでいたらしいが、それにしたって綺麗すぎる寝返り方だったよ。唖然とさせられた」

しばらくは寝物語に、互いに起こったことを話して聞かせ合った。

特に真木は、いかにして龍ヶ崎があの場に現れたのかが気になっていたので、その経緯を聞くとただただ感心してしまった。

「それって、いざ王になったあとのアル・ガニーに、よっぽど不満が溜まってたんだろうな。まあ、あんな綺麗な宮殿の至るところに、刺青の標本で飾り立てられたら、それだけで嫌気がさしてくるだろうけどさ」

アル・ガニーに関しては、龍ヶ崎同様呆れるばかりだったが、それでも彼の政治家としての無能さが、今となってはありがたいと思えた。

もしもあの異常な執着力が政治に向けられていたら――――そう考えると恐ろしい。

アル・ガニーの興味が刺青に向けられていたことは、ある意味幸運だったのかもしれない。

「――――だな。あとは、やっぱり水の力は大きかったのかもしれない」

しかし、幸運はそれだけではなかったと、龍ヶ崎は教えてくれた。

「水の力？」

「ああ。前国王派が現国王派を口説いた話の一つに、このままアル・ガニーを王にしておいたら、石原たちはバラカートから撤退する。もう、この国に清水を作るための技術は提供しない、退くだろうって話をしたらしいんだ」

「企業が撤退？　そこまで治安が悪くなってたのか？」

龍ヶ崎は、リドワーンからバラカートへ移動中、それとなく石原からいろんなこと聞かされた。

「それもあるが、もっと重要なのは、アル・ガニー政権になってからというもの、あれこれと難癖をつけて、支払いを踏み倒してきたらしいんだ。さすがにものが水だけに、下手なところで手を引いたら国民の命にかかわりかねない。それで、石原の会社も匙《さじ》を投げずに我慢してきたらしいんだが、さすがに限界は近かったようだ。こっちはタダ働きどころか経費ばかりがかさんでいくのに、そっちは悠々自適な生活か？　政治もまともにしないで、趣味に明け暮れてるって、何してんだよって感じでさ」

石原も、よほど愚痴が溜まっていたのだろうが、龍ヶ崎がかなり聞く耳を持っていると知ると、「ここだけの話」とばかりに、本音をしゃべりまくったのだ。

「そこへ、俺がワーリスを連れて乗り込んだもんだから、ここぞとばかりに開き直ったんだな。このまま代金を回収できずに撤退するぐらいなら、この船に乗って政権を元に戻して代金回収してやろうと。ようは、政権奪回は未払い金の回収と、今後の仕事維持の必須条件だったってことだろう。まあ、どこまでも馬鹿なのはアル・ガニーだな。相手が企業である限り、金払いだけはよくしておけば、余計なところに敵を増やすこともなかったろうに」

石原は石原で、バラカートの体制が変わったことで、苦労していた。

かといって、ボランティアで来ているわけではないので、赤字を出すにも限界はある。

なんの罪もない人々のためには、ここで仕事を続けたい。やりがいもある。

しかし、会社が倒れてしまっては、結局すべてが水の泡だ。自分がサラリーマンである限り、会社という根本が倒れてしまっては、何もできなくなってしまう。

そんな理想と現実の板挟みだったのだ。

「どの道時間の問題だった気はするけどね。あいつ、本当にコレクションの買いつけだの管理や維持にばかり金と労力を使っていたみたいだからさ」

「困った奴だ。って、あいつに限っては、そんな域じゃないか」

龍ヶ崎は、一通り話を終えると、腕の中にいた真木の臀部に手を回し、そっと撫でた。

「も、いいよ」

「まだ、痛そうだから」

恥ずかしそうにする真木が見たくて、取ってつけたようなことを言う。

それだけならまだしも、一度上体を起こすと、真木の身体をうつ伏せにした。

密部に口づけ、舌を這わす。

真木が甘い吐息を漏らして、腰を震わせる。

そんな姿が、より愛しい。

「そりゃ…、マグナムどころかライフルをぶち込まれたんだからな。どれほど義純の龍を愛おしく思ったかわからないって。あいつ、本当にただの変態だよ。金と権力持った変態ほど始末に悪いもんはないよな。ヤクザなんて可愛いもんだよ」

だが、それだけに龍ヶ崎は、真木が受けた凌辱を思うと、「やっぱり殺してやればよかった」と口にした。

しかも、真木の背に入った筋彫りに目をやると、どうにもこうにも悲憤が込み上げて仕方がなかったのか、しばらく黙り込んだ。

「義純――」

桜吹雪の中、天を仰ぎ、昇りゆく龍を従えながら、祈りを捧げる美しい女神。

完成すれば、さぞ見事な一枚絵になるだろうし、これが龍ヶ崎の徳叉迦竜王と対で描かれているのも、見ればわかる。

しかし、それでも龍ヶ崎は悔しくてならなかった。この思いに嘘はつけない。

「それは駄目だよ。義純が言ったとおり、あそこで殺していたら、奴は楽になるだけだ。ああいうのは、生きていてこそ、味わわせることのできる苦痛がある。それは間違いないって」

背中で龍ヶ崎の思いを感じたのか、真木が身体を捩って目を合わせてくる。

「それに、背中のこれは無理やり彫られたわけじゃない。俺が義純のところへ帰りたい一心で、一慶に彫ってもらった。自分の意志で入れたものだ。場所は違えど、夫婦龍だし。義純と龍仁会を守る真木洋平としての守護神も刻まれているからさ」

そっと腕を伸ばして、その手で龍ヶ崎の頬も撫でてきた。

「守護神って、その女神のことか？」

「うん。木花開耶姫命って言って、古事記に出てくる女神様らしいよ。なんでも、山中湖《やまなかこ》近くの忍野村《おしのむら》ってところには〝忍野八海《はっかい》〟っていう〝八つの神の泉〟と呼ばれる池があって、その一つを湧き出させたのが、この女神様ってことらしい。――で、この神の泉には八大竜王《はちだいりゅうおう》がそれぞれ祀《まつ》られているんだけど、木花開耶姫命の池に祀られてるのが徳叉迦竜王なんだって」

最初は「だから気にするな」というつもりで説明を始めたが、何分一慶から受けた説明が長く、多すぎて、真木も全部は覚えていなかった。

かろうじて記憶をたどって説明するも、かなり話をはしょったためか、龍ヶ崎も「ほう」と相づちを打つが、それだけだ。

「だからこれは、どんなときでも義純を、龍仁会を守り、潤す水の女神。組を仕切る姐にはもってこいだろうって言われた」

「――すまない。徳叉迦竜王と縁がある女神だってこと以外、よくわからねぇ」

結果は、やっぱりだった。

龍ヶ崎は、決死の覚悟で彫って、彫られた刺青に込められた話なのに、よく理解できないことが、申し訳なさそうだった。

心底から謝ってくる。

「――実は、俺も。国語や社会だってよくわからねぇのに、古事記なんて言われたって、聖徳太子しかわからねぇもん。それだって昔の一万円だったからわかる程度だしさ」

だが、真木はそんな龍ヶ崎にぷっと噴き出した。

それを見て龍ヶ崎もどこかホッとしている。

「まあ、それでも一慶のこだわりだから。いや、俺たちのためにこだわってくれたところだから、俺はこの絵が気に入ってる」

真木にとって大事なのは、描かれた女神の神話そのものではなく、やはり選んでくれた一慶の気持ちだ。刺青に込められた願いだ。

「龍をも背負う徳叉迦竜王。その王さえも守り、潤す木花開耶姫命か」

「ん。だから、これは必ず完成させる。決して傷だとは思わないでほしい。そう思うぐらいなら、俺の何もかもがあんたのものになった、これ以上ないほど龍仁会四代目・龍ヶ崎義純のものになったと思ってほしいから」

そして、それと同じぐらい大事なのが、龍ヶ崎自身の気持ちで――。

真木は、龍ヶ崎の頬に伸ばした手を滑らせると、そのまま唇に唇を合わせにいった。

「真木…」

深く、深く受け止めてもらい、軽く音を立ててキスをし合うと、込み上げてきたものが抑えきれなくなって、龍ヶ崎の身体を押し倒した。

「ごめん。背中が擦れると厄介だから」

龍ヶ崎の身体をまたぐと、真木は先ほどから時間をかけて癒し、潤してもらった密部に、彼自身を導こうと握りしめて擦った。

「当分の間はこれかな」

すぐに形を成した龍を、照れくさそうにしながらも呑み込んでいく。

「かえって得した気分だな」

「っ――――ん。馬鹿言ってるよ」

軽い息をつきながら、真木はほぐれた肉壁の中へ、奥へと龍ヶ崎を導いた。

「あぁ…っ」

人の温もりを持った愛欲の塊が、真木の身体を芯から熱くした。

自身の愛欲さえ高めて、真木は龍ヶ崎に手を借りながらも、ゆるゆると腰を動かし始める。

「愛してるよ、義純」

「俺もだ、真木」

いっときとはいえ、無理やり離され、永遠の別離さえ覚悟したためか、真木はこうして愛し合

えることが、これまで以上に喜ばしいと感じた。

永遠に、もう二度と手放したくないと感じた。

「嬉しい…。義純…っ。義純っ…っ」

そうして、ずっとこれからも愛したい、愛されたいと願いながら、今は心行くまで龍ヶ崎の腕の中で身もだえた。

「ぁあっん…っ」

ただただ、命懸けで愛した漢の腕の中で、堕ちていった———。

エピローグ

散りゆく桜の花びらが、季節の移り変わりを伝える四月のことだった。

都内を一望できるタワービルの最上階。贅《ぜい》の限りを尽くして造られたシティーホテルの貴賓室には、本日も到着間もないVIPゲストが案内されていた。

「お連れ様方はすでに到着されております。ご指示のとおり、お部屋にお通ししておきましたが」

「ありがとう。それなら、ここまででいい。静かに入って中の者を脅かしたいんだ。キーだけもらえるかな」

真っ白な生地に金糸銀糸の刺繍が入ったカンドゥーラを纏い、カフィーアを頭上から被るゲストの名は、アル・ワーリス・ハイダル・アスィール・バラカート。先だって独裁者・アル・ガニーから政権を奪回したバラカートの英雄であり、小麦色の肌に金髪と深緑の目が美しい若獅子のような新国王だ。

前後左右には、漆黒のスーツに身を包み、サングラスをかけた男たちが十名ほどついている。

「かしこまりました。それでは、これにて失礼いたします。何かご不明な点、ご不自由等ございましたら、ご遠慮なくフロントへご連絡くださいませ」

どこか悪戯っぽい目で手を出したワーリスに、カードキーを差し出したホテルマンが微笑み、丁寧な会釈をする。

そのまま離れていき、完全に距離ができると、ワーリスの隣を歩いていた男が黙って手を出し、カードキーを催促した。

「いいか。こっちの話がすむまで、絶対に割り込んでくるなよ」

「――――はい。でも、いったい何の話があるのですか？　龍ヶ崎がナーフィウに」

ワーリスからカードキーを受け取ったのは、他でもない龍ヶ崎だった。

よく見れば側近の半分は日本人であり、龍ヶ崎の舎弟だ。中には真木の姿もある。

「大使には出国の際や出先で、いろいろ手を尽くしてもらったからな。ちょっと礼を含めた、大人の話をしたいだけだ」

「そうですか」

口元だけで笑う龍ヶ崎に、ワーリスは少し首を傾げた。

だが、忍び込むように貴賓室の扉を開いた龍ヶ崎に対して、特に何かを言うことはしない。止める様子もなく、あとに続いて一緒に部屋へ入っていく。

すると、入り口のフロアから進んで最初にあるリビングルームの奥から、話し声が聞こえてきた。

「そろそろワーリス殿下がお見えになる時刻か？」

「到着予定には、まだ三十分ほどございます」

「そうか」

龍ヶ崎たちは、リビング手前のフロアで立ち止まる。

声の主は、日本在住のバラカート大使であるナーフィウとその部下たち。幾度となくこの部屋を利用しているためか、慣れ親しんだ様子が窺えた。

ナーフィウなどスーツの上着を脱いだ姿で寛いでいた。

「――――それで、アル・ガニーは本当に口を利く前に始末したのだろうな」

すると、ワーリスの到着がまだ先だと知ったからか、ナーフィウがふと漏らした。

「はい。警察病院に転院後、潜入している同志の手により急変したと見せかけて。そこは手抜かりございません」

ワーリスは驚きから声を上げそうになったが、龍ヶ崎に口元を押さえられて息を呑む。

「ならば、よい。どこで何を言い出すかわからない男だ。下手に私の名前を出されて、足を引っ張られても困るからな」

ナーフィウが胸を撫で下ろしながら、傍にあったソファに腰かける。

「そのような心配は、ご無用だったのでは？」

「ん？」

三名ほどいた部下の一人が、淹れ立てのコーヒーをナーフィウに差し出した。

「このたびのクーデターの成功はナーフィウ様のお働きなくしてはなり立ちません。万が一にもアル・ガニーを裏切ったと知れれば、間違いなく死罪でした。しかし、それを覚悟の上で日本政府に、そしてリドワーン政府に働きかけ、ワーリス殿下や龍ヶ崎の援護に当たられたのです。今更アル・ガニーが何を言ったところで…、ご出世やご褒美以外の何かが、ナーフィウ様に与えられるとは思えませんが」

ナーフィウはコーヒーを受け取ることなく、沈痛な面持ちで話し始める。

「そう言いながら、アル・ガニーには見事に裏切られたではないか。誰のおかげでクーデターが成功したのか…。その恩も忘れて私を日本に留めて、やりたい放題だ。ろくに政治もせずに馬鹿なコレクションに没頭した結果がこれだ」

龍ヶ崎が「やはりそうか」と呟く。

ワーリスは動揺するばかりで、視線をどこへやっていいのか、わからない状態だ。

「ワーリスとて、この先誰にどのような入れ知恵をされるかわかったものではない。あれの父親もそうだった。誰に何を言われたのかは知らないが、長年王家に、そして国に尽くしてきた私をよりにもよって、長年このようなところへ飛ばして祖国から引き離した。一人の政治家として、国民からの支持率が高かった私に政権を奪われることを恐れたのだろうが、忌々しいことだ」

龍ヶ崎は、ワーリスを彼の部下に任せると、真木と側近を引き連れ部屋の奥へ進んだ。

「それであんな変態男《アル・ガニー》を使ってクーデターを起こしたのかよ」

「誰だ？　貴様は！」

突然現れた龍ヶ崎たちに、ナーフィウが勢いよく立ち上がる。

部下の一人が咄嗟にスーツの懐から銃を出すが、先に真木と側近たちに銃口を向けられ、すぐに下ろすことになった。

「ようはあれだよな？　本当ならテメェが水面下でアル・ガニーをコントロールして、時期が来たら適当な理由をつけてトップに躍り出る。そして、クーデターと前国王一家皆殺しの罪はすべてあの変態に押しつけて、自分は救世主面でバラカート王になろうとしたってことだよな」

龍ヶ崎は、話を続けながらサングラスを外した。

その顔に見覚えがあったのか、ナーフィウが「龍ヶ崎」と呟いた。

「ただ、予定に反してお前はアル・ガニーをコントロールできなかった。それどころか、次第に邪魔で危険なだけの暴君になっていった。それで、お前は常々どうにかして抹殺できないものかと考えていた。そこに出てきたのが天才彫師・鬼塚一慶の刺青の話だ」

話し続ける龍ヶ崎を前に、ナーフィウは再びソファへ腰を下ろした。

こうなれば最後まで話を聞こうかというふうにも見える。

「まあ、最初は刺青をネタに、アル・ガニーが日本人を殺すか拉致するか、とにかく日本で問題を起こしてくれれば、そしてその証拠をお前が摑めさえすればいいや程度で、刺青の持ち主を捜し始めたんだろう。だが、浮上したのがヤクザ――ジャパニーズマフィアなんていう物騒な連中ばかりだったことから、多少の欲が出た。もし、こいつらの誰かかアル・ガニーを始末してくれたら。いや，どうせなら始末できそうな奴をアル・ガニーに狙わせれば、相撃ちなり、仕返しなり、もしくは先手必勝でヒットマンでも飛ばしてくれるかもしれない。たとえ失敗に終わったところで、自分の腹は痛まない。嗾《けしか》けてみる価値はある」

龍ヶ崎は、その後も自分が巻き込まれた過程を想像しながら、ナーフィウの様子を窺い続けた。

よく見ていると、時々瞬きの間隔が速くなったり遅くなったりする。

傍からは落ち着き払っているように見えるが、些細な変化も見逃すことのない龍ヶ崎の目には、ナーフィウの反応から事実を知ることができる。

「だが、それには一つだけ、どうしてもやらなきゃならないことがあった。それは、狙われる側のヤクザに、その理由を理解させることだ。そうでないと、たとえアル・ガニーが襲ってきても、ヤクザ同士の抗争と勘違いされたら意味がない。そこで、お前は何らかのツテを使って花房の存在を知り、利用した。いや、初めから花房に人選を任せたのかもしれない。アル・ガニー好みの刺青を背負っていて、奴から襲撃されてもそこそこ応戦ができて、なおかつ狙われていることを自然に伝えられるヤクザを——この龍ヶ崎義純に白羽の矢を立てるのをな」

龍ヶ崎は、ナーフィウを通して、花房がどこで自分をごまかし、嘘をついたのかを察した。

少なくともノイローゼ気味になって、花房を頼ってきた外務省の知り合いの話は嘘のようだ。ナーフィウと花房の間に第三者がいたのは確かかもしれないが、龍ヶ崎をアル・ガニーのスケープゴートに選んだのは、やはり花房だろう。

そういえば、最初に徳叉迦竜王が初代一慶の作品であることを自慢した相手は花房だったかもしれない。

龍ヶ崎も忘れていた過去を思い出してくると、反省の念が起こる。

「まぁ、そこから先に予想外のことばかりが起こったのは、俺もお前も一緒だろう。刺青なんか彫っていない真木や彫り師が拉致されたり、助けに行こうとすればワーリスが出てきたり、結果的に政権交代するようなクーデターが起こったり。特に一番予想外もしえなかったことは、生きたままアル・ガニーが逮捕されたこと。それも、政治犯としてだ」

　そうして一通りの話が終わりに近づくと、龍ヶ崎はナーフィウに真相を迫った。

「だが、俺だって取ってつけたような綺麗事で、あいつの急所を外したわけじゃない。あいつが取り調べなり裁判で黒幕の名前を吐露するか、もしくは黒幕のほうから口封じに来るか、何かしらの進展があるだろうと思ったから、わざと生かしてやったんだ。その場でぶち殺してバラバラにして、砂漠に撒いてやりたいのを我慢してな」

　真木や一慶を攫われ、傷つけられただけでも許せないものを、熱砂の国まで行って帰ってきた挙げ句に、素人相手に土下座までしたのだ。

　多少のことでは腹の虫が治まるはずがない。アル・ガニーの身体に銃弾を撃ち込んだぐらいで、この燃焼不良が解決されるわけがないのだ。

「なぜだ」

　しかし、そんな龍ヶ崎にナーフィウは一つの疑問を投げかけてきた。

「悪い奴はもとから絶たなきゃ意味がねぇだろう。ここまでおかしなことに巻き込まれたんだ。落とし前だけはきっちりつけてもらわねぇと後味が悪いからな」

「いや、そうではなく。なぜ、アル・ガニーの背後に黒幕がいると思った？　アル・ガニーが迷惑なコレクターかつ無能な独裁者だったことは事実だろう」

　ナーフィウが龍ヶ崎と直接対面するのはこれが初めてだった。

龍ヶ崎にとっては、間違いなくアル・ガニーの情報のほうが多く、ナーフィウに関しては皆無に近いはずだ。

それにもかかわらず、なぜ？

ナーフィウに起こった疑問は、至極自然なものなのかもしれない。

「そうだな。あいつは呆れるほどマニアで変態で迷惑な刺青コレクターだ。ヤクザな俺が言うのもなんだが、ただの馬鹿だ。だが、あそこまで気合の入った馬鹿だと、間違っても天下は取れねぇだろう。仮に取れるとしたら、そうとう優秀な参謀を抱えているか、狡賢《ずるがしこ》い奴に利用されているかのどちらかだ」

ただ、龍ヶ崎の答えもまた至極自然な形で導き出されたものだった。

ナーフィウは返す言葉もないほど、納得したような顔をする。

確かに、言われてみればそのとおりだ。これまで気づかれなかったこと自体がおかしい内容だったと。

「だが、現地で見た限り、奴に優秀な参謀はいなかった。むしろ、クーデターを遠隔操作した奴がいるんじゃないかってぐらい、何もかもがスムーズだった。だから俺は、奴が利用されただけだと思った」

「それで、お前が私のところへたどり着いた理由は？　ここへはクーデターの黒幕を捜しに来たんであって、ヤクザとアル・ガニーをぶつけた張本人を捜しに来たわけではないんだろう？」

しかし、それでもナーフィウの疑問はまだ残っていた。

龍ヶ崎が、実際大使の肩書と実権程度しか持っていないナーフィウに目を向けてきたことだ。

「まあな。こいつがあんまりお前を褒めるから、お前なら二度のクーデターを成功させることも可能なんじゃないかと思って」

龍ヶ崎は、ここで初めて側近に合図を送ると、手前の部屋ですべてを聞いていた男たちを呼び寄せた。

「――――ワーリス殿下」

ナーフィウは、感情のままにその名を呼ぶと、再びソファから立った。

リドワーンで再会を果たしたときの日本人技師・石原と同じような驚きを見せる。話は耳にしても、こうして成長した姿を見たのは今日が初めてのようだ。

「ナーフィウ。本当にお前がアル・ガニーを操り、私の家族を皆殺しにしたのか？　バラカートをめちゃくちゃにし、国民を苦しめるようなクーデターを起こしたのか？」

ワーリスは、ナーフィウに歩み寄りながらも、動揺や悲憤を隠せずにいた。

龍ヶ崎の手により暴かれた事実に、ひどく打ちひしがれているのが伝わってくる。

「前国王一家を手にかけたのは、アル・ガニーの判断です。クーデターに関しては、その後の政治は私が行うつもりでおりました。アル・ガニーは王位が欲しかっただけの男です。ですから、政権そのものは私が握り、今以上にバラカートを豊かな国にしようと思っておりましたし、できると信じておりました。決して国民を不幸にするつもりでアル・ガニーに加担していたわけではありません」

ナーフィウは、問われるままに答えた。

「ただ、龍ヶ崎が言うように、アル・ガニーは思いのほか意のままにはならない男でした。王座を手に入れたのち、あの男の欲望はすべて〝刺青を集める〟という悪趣味にのみ向けられて……。それに意見をしようものなら、牢に捕らわれ、ときには処刑された者もおりました。一緒にクーデターを起こした同志や部下でさえ、手に負える状態ではなくなってしまいました」

これ以上はどうすることもできない。

嘘もごまかしも利かないと判断したのだろう。

クーデターを起こしたあとの経過や心情もありのまま話した。

「さすがに、これは私の本意ではない。だから、私が責任を持って、アル・ガニーは葬らなければならないと思いました。そんなときに、アル・ガニーから〝初代鬼塚一慶の刺青を探せ〟という命令が来ました。あとはほとんど龍ヶ崎が想像したとおりです。私は外務省の知人を通して花房の存在を知り、彼に龍ヶ崎を選び出し、アル・ガニーに向かうように仕向けてもらいました」

ナーフィウは、龍ヶ崎が仮説として話したことがほぼ間違っていないことも認めた。

「どうして彼が肝心なアル・ガニーの名や素性を、初めから龍ヶ崎に伝えなかったのかはわかりませんが、それでも彼のおかげで龍ヶ崎が動いた。アル・ガニーを葬ることもできた。まさか、それに殿下が絡んでくるとは思いませんでしたし、そもそも生きておられたとも考えなかったのですが…。しかし、これでバラカートが元に戻るなら――――」

思わぬ展開になったことは確かだが、一番の目的は果たすことができたと、かなり満足そうだ。

しかし、それを聞かされてもなお、ワーリスは納得ができないようだった。

「父上は、お前を誰より信じていた。信じていたからこそ、どこの国より治安のよい日本の大使を命じた。長年、帰国することも許さなかった。だが、これは誰に何を言われたわけじゃない。父上の一存だ」

足早に歩み寄ると、ナーフィウのシャツの胸元を摑んで締め上げた。

「なぜだかわかるか？　ナーフィウ。それは以前よりアル・ガニーが、不穏な動きをしていたからだ。金にものを言わせて、いつ何をしでかすかわからないような危険があったからだ」

たったひとつの事実、思いが伝わっていなかったがゆえに、こんな事態を招いたのかと思うと、ワーリスは込み上げてくる感情をどうしていいのかわからなかった。

「父上は、兄上たちや私に言った。たとえある日突然自分に、王家に何かが起こっても、ナーフィウさえ無事ならバラカートは守れる。ナーフィウさえ生きていれば、バラカート国民が行く先を見失い、不幸になることはない。だから、ナーフィウだけは安全地帯に逃しているのだと」

今伝えたところで遅い。

すべては終わったあとだ。

それがわかっているのに、言わずにはいられなかった。

吐き出してしまわなければいられなかった思いのすべてをナーフィウに向けた。

「――――」

ナーフィウは、両目を見開き唖然となった。

睫毛を震わせ、唇を震わせ、そうしてぽつりと「ハイダル王」と呟くと、その後は胸元を摑んでいたワーリスの手を解き、突き飛ばすと同時に部下の元へ走った。

先ほど手にしたまま下ろした銃を奪い取ると、衝動のまま撃鉄を起こして、引き金に指をかけ、自分の頭に向けて撃ち放とうとした。

「おっと、そうはさせるか！」

しかし、それは先を読んだ龍ヶ崎の手で阻まれた。

銃を奪われたナーフィウは、ワーリスの側近たちによって、その場で取り押さえられる。

「私を生かしたところで、これ以上の黒幕は出てこないぞ」

ナーフィウが龍ヶ崎に向かって叫んだ。

「ああ、わかってる。だから、お前には落とし前をつけてもらわなきゃならないんだよ。勝手に死なれてたまるか」

龍ヶ崎は、少し乱れた前髪を整えながら、ナーフィウに向かって鼻で笑った。

「これはアル・ガニーにも言ってやったがな、寿命の限り苦しんでおけ。死んだあとは、もっと地獄で苦しむだろうけどな」

これでもすべてがすっきりとしたわけではない。

龍ヶ崎の中には、まだ小さなしこりのようなものが残っていたが――――。

＊＊＊

ナーフィウとその部下三名が連行され、すぐにでも本国へ強制送還されることになると、龍ヶ崎はホテルに残ったワーリスを慰めるという名目で花房を呼び寄せた。

大まかなことはすべて解き明かせたが、どうしても引っかかったまま謎が残ったのは、やはりこの食えない男・花房に絡んでのことだった。

この際ワーリスには気の毒だが、囮になってもらおうと思ったのだ。

「――――ワーリス。気持ちはわからないでもないが、君はもう一国の王だ。二度と自国に争いを招かないための統治を、政治をしていかなければならない。ここで、あれこれ悩んでいる暇はないよ」

「なら、侃が支えてくれ。これからも私の傍にいて、私だけを支えてくれ」

しかし、龍ヶ崎はここでワーリスと花房を再会させたことで、最後のわだかまりをすっきりと解くことができた。

「好きだ。愛してるんだ――――私はまだまだ幼い。龍ヶ崎に比べたら、ただの子供かもしれない。だが、それでも侃を一番愛してる。一生、愛し続けるから、どうか…。私と一緒にバラカートへ来てほしい」

「…っ、ワーリス」

ワーリスは身内と呼んでも過言ではなかったナーフィウの裏切りを知り、よほど心を痛めていたのか、傷心に流されるまま花房に対してプロポーズをしたのだ。

少しばかり距離を取って見ていた真木や舎弟たちも、これには目を見開いた。

どんなに花房が美麗な男でも、年の頃は龍ヶ崎と同じぐらいだとわかる。それに対してワーリスは、二十歳にも満たない青年だ。

「私の、バラカート国王の、第一王妃になってほしい。そしてこれからの私を、バラカートを助けてほしい。お願いだ」

「私で、いいなら…」

だが、そんな年の差も気にせず、花房は白々しく「イエス」と答えた。

まるで初々しい乙女のような恥じらいまで見せたのだから絶句だ。

「侃！　嬉しいよ、ありがとう。必ず幸せにするから。絶対に、幸せにするから。ああ、私は何からすればいいんだ。そうだ。国に戻ったら結婚式だ。だったら私の戴冠式と同時にやろう。すぐにでもその手配をしなければ――――。誰か！　誰か、私の話を聞いてくれ！」

龍ヶ崎は、これを目の前で見たことで確信した。

今回のことでいったいどこの誰が一番得をしたのか、そしてもっとも自分を利用したのも誰だったのかを！

「私を生かしたところで、これ以上の黒幕は出てこないぞ、か。案外まだ出てくるのかもしれねぇな。諸悪の根源かもしれない人間が」

それでも龍ヶ崎がは、地獄から天国に舞い上がったような状態のワーリスを、再び地獄へ突き落とすようなことはしなかった。

ワーリスが一時席を外したところを狙い、花房に最後の事実確認を迫った。

「なんのこと？」

勝ち誇ったような顔で龍ヶ崎を見てきた花房に、当然先ほどのような初々しさはまったくなかった。

それどころか、かつて見せたこともないほどの毒々しさを全開にしてきた。

「お前、最初にアル・ガニーの正体を俺にバラさなかったのって、ワーリスを煽るためだろう。初めからアル・ガニーの名前を出せば、あいつはすぐにでも国に帰りたがったはずだ。それこそお前に芽生えていたかもしれない、愛だの恋だのを捨ててもな」

龍ヶ崎はソファで足を組んだまま、しらっとした顔で出された紅茶を飲んでいる花房に、考えられるすべての仮説をぶつけた。

「だが、最初は俺との関係をわざと見せつけることで、まずはお前への思いを自覚させた。その上で、二度目の種明かしだ。お前が俺を選んだ理由は、アル・ガニーを消すため。その目的に代わりはないだろうが、ナーフィウの依頼を受けたからじゃない。お前が大事に預かっていたワーリスのため、すっかり自分に夢中になっているワーリスをバラカートの王にするためだろう」

そもそも友人に頼まれたからといって、花房は親切心だけで動くような男ではない。

動くときは必ず自分の利益のため、もしくは欲求を満たすために他ならない。

「そうまくし立てるな。そのとおりだよ。けど、お前を当て馬に選んだのは正解だったが、一つだけ忘れていたことがある。お前はヤクザにしては頭がよすぎる。アル・ガニーほど馬鹿になれとは言わないが、頭がよすぎるのも問題だ。早死にするぞ」

　すると、やはりそうかという返事を、花房は満面の笑みでしてきた。

　悪気もなければ、遠慮もない。どうやら蛇の道を行くのにも飽きたのか、ここにきて盛大な寿退職、玉の輿に乗ることを企んだようだ。

　それも、若くて美丈夫な砂漠の王子を捕まえて。

「この際口止め料なら、いくらでももらうぞ」

　花房のことだ。きっと涼しい顔をして退職金も持っていくのだろうから、せめてその分ぐらいは俺に回せ、命懸けでいいように使われた分ぐらいは、俺にもいい思いをさせろと、龍ヶ崎も冗談交じりで言ってみる。

「そんなものは俺が払わなくても、形を変えてワーリスが払うよ。経緯はどうあれ、お前はバラカート国王の恩人だ。一生金に困ることはない。今後の龍仁会は安泰だな」

「！」

　だが、これに関しては、どこまでも花房のほうが一枚も二枚も上手《うわて》のようだった。

　自分の腹をまったく痛めることなく、ちゃんと龍ヶ崎にも恩恵が回るように仕組んでいる。

　散々な目には遭ったが、おかげで今後の龍仁会の資金源にはオイルダラーが回ってくる。

　まともに株を転がして磐田会の資金源を増やしている鬼塚が聞いたら、失笑しそうな棚からぼた餅だ。

「もちろん、この口止め料でいいなら、俺が払いたいけど」

ただ、それでも何物にも代えられないものはあるようで、花房は手にしていたティーカップをテーブルに置くと、隣のシングルソファに腰を下ろしていた龍ヶ崎のほうへ近づいた。

そのまま膝の上に腰を落として、キスをねだろうとした。

「人の男に手を出すなら、命張れよ」

しかし、そんな花房の額に銃口を突きつけたのは、いい加減に見ているだけでは気が治まらなくなってきた真木で――。

「なら、やめておくよ。私は遊びに命をかけるタイプでもなければ、酔狂な人間でもないのでね」

さすがに花房も命は惜しかったのか、すぐさま龍ヶ崎の膝から退いた。

ワーリスを捜して別室へ移動すると、もののついでに龍ヶ崎の側近たちをも別室へ追いやった。

さりげなく龍ヶ崎と真木だけをこの場に残した。

「で、あの馴れ馴れしい男の説明、改めてしてもらおうか」

真木は銃を手にしたまま、龍ヶ崎の膝に腰を下ろした。

「あんたの言うところの〝トイレの芳香剤〟と同じ匂いがする男の説明をさ」

ニヤリと笑いながらも、龍ヶ崎の頬に銃口を突きつけてきた真木の目は本気だ。

やはり真木は鼻が利く。龍ヶ崎は、今更変な嘘をついた自分に反省する。

「それは帰ってからゆっくりとな」

「もう、ごまかされないぞ」

それでも、こんな些細なことで嫉妬をむき出しにしてくる真木が愛おしくて仕方がない。

「ごまかしてなんかいないさ。話せば長くなるだけだ。俺の龍が首を長くしそうなほどな」

龍ヶ崎は、銃口を向けられていることさえ気にせずに、真木を抱きしめ口づけた。

「んっ…っ、なんだよそれ」

「さあ。なんだろうな」

帰ったところで、花房の説明などに一分も割くつもりはない。

どんなに真木がごねようと、龍ヶ崎がそんな無駄なことに時間を使うことは、この先一生なかった。

おしまい♡

あとがき

こんにちは！　日向《ひゅうが》です。

このたびは本書をお手に取っていただきまして誠にありがとうございました。

今回の極はこれまでの女偏「嫁・妻・嬢・姪」とは離れた読み切り外伝です。しかも、なんの偶然か以前ラピス文庫さんで書かせていただいた最初の極シリーズの五冊（詳細は日向のホームページにて・笑）を合わせると、本書が十冊目になります。「え、いつの間に!?」と思っているのは、きっと私が一番かもしれませんが（笑）。

ただ、これもひとえにお付き合いくださった皆様&藤井《ふじい》先生&担当さまをはじめとする関係者さまたちのおかげです。

本当に感謝でいっぱいです。ありがとうございます！

今後、また「極」というタイトルの本が出るのか、まったく違うところにスピンオフしていくのか現段階ではわかりませんが、どんな形であっても彼らに会えたら嬉しいなと思います。

そのためにも一冊一冊を頑張って出してゆかねば！　ですが。

さて、いつもだとあとがきはこれで終わってしまう感じなのですが、今回は大人の事情（どんな事情？　笑）で六ページあります。

なので、雑談になりますが龍《りゅう》ヶ崎《がさき》×真木《まき》の生い立ち（といっても話ができるまでのほうですが）を書いてみようかと思います。

去年から私がはまっている酵母の起こし方とか、それでパンを焼くとかっていう趣味話よりは実りもあるだろうかと思うので（笑）。

お時間のある方は少しばかりお付き合いくださいね。

そもそも龍ヶ崎と真木の出会い～嫁入り編はラピス文庫の『極・艶』という本です。すでに電子書籍じゃないと手に入らないと思うのですが、極シリーズにとっては運命を分けた本でした。

では、なぜ運命を分けたのか――と言えば、まるっきり大人同士でしかもヤクザ同士だったからです。

そう、極の一冊目である『極・愛』は、鬼塚《おにづか》×入慧《いりえ》（高校生）なのですが、当時のラピス文庫ではまだ学園物（十代）が主流だったので、最初の一冊目自体が「冒険する、しない」「タイトルを変える、変えない」と話し合いの多い本でした。

ええ、一度は「タイトルを変えませんか？」とも言われました。

おそらくストレートすぎて色気もないしってことだったのかなと思いますが、これに関しては「いやです」と即答。タイトルはただついているわけではないので、そこから始まる世界観を壊したくなくて、ここは戦って勝ち取りました。

うん。当時一緒にお仕事してくださった担当さんも、本当にあれこれ頑張ってくださいました。レーベルカラーと私の板挟みになって（苦）。

「冗談抜きに、私もその後の仕事を干される覚悟もしながら「これを出したい」とお願いしたし、結果的にGOを勝ち取ってくださった担当さんも、「死なばもろとも」で上に挑んでくださいました。それぐらいレーベルの鉄板から離れた設定で出すって、冒険だったわけです。今考えると普通の設定なのに、不思議ですけどね。

まあ、ここはBLや各レーベルに歴史あり！　ってことです。

それで、結果的には「二冊目も出していいよ」というありがたいことになったのですが、今度は「真木を主役にしたい」と私が言い出したもんだから、また「えーっ」ってなるわけです。

そう、一冊目は入慧という高校生でOKを勝ち取った色合いが大きかったので。

でも、『極・愛』を書いた時から真木がお気に入りだった私としては、他に主役が考えられなかったので、ここもGOを勝ち取ったわけです。(個々に限らずですが、歴代の担当様には本当に頭が上がりません。感謝です)

ただ、いざ話を作り始めると問題は真木ではなく相手の漢作りでした。やっぱりBLは攻め様ありきだし、一冊目の鬼塚と並ぶか越えるかしないと失敗だよな…と。とにかくビジュアルに関しては藤井先生にお任せすれば大丈夫！　という安心感があったので、自分が頑張るのはキャラの中身。そして一冊目よりも多めなお色気。(これ大事！)

で、レーベル内でもなかった印象の攻め設定とか、インパクトを狙って考えた結果が「身も心も大人な男」「ムショ帰り」「あそこに龍」でした。え？　それで、これか！　って感じですが、本人は至って大真面目だったんですよ(泣)。

もちろん、「あそこに龍」なんてものを思いついたきっかけそのものは、どっかで「あそこに彫り物がある人とエッチしちゃった♪」なんて投稿だか書き込みだかを読んで、「えー、そんなところにも彫れるんだ。私もいつか書いてみよう～♡」的なノリしかありませんでした（汗）。

しかし、それを龍ヶ崎に当て込んだのは、「これぐらいのインパクトがないと読者様もそうだけど、そもそも鬼塚に失恋したての真木の印象に残らないだろうな」というのがあったからなのです。

話の作り始めは真木命でスタートしたので、磐田会《いわたかい》のマドンナかつ鬼塚ｌｏｖｅだった真木が、他組の組長とロミジュリするならこれぐらいの器で、容姿で、なおかつ最高のインパクトがないとね――と。

本当。真木のためだけに龍ヶ崎を作り上げていったのです。ただ、書き終えたときにはすっかり龍ヶ崎のほうに愛が移ってましたけどね（笑）。

『極・艶』には龍ヶ崎が鬼塚に向かって、「一度でいいから抱いてやれ。抱いて思う存分、泣かせてやれ」と言うシーンがあるのですが、そこは今でもお気に入りです。今回は佐原が絡むので、龍ヶ崎までへたれになるのか、されるかと実は心配でしたが…。彼は大丈夫だったよね？　大丈夫だったと思いたい！

なんにしても、思い出も思い入れも深いカップルなので、こうして改めて書かせていただけて幸せでした。とても楽しかったです。

藤井先生からも「龍ヶ崎イチオシ」のコメントがいただけて超・嬉しかったですし。前々から知っている皆様や今回初めて出会った皆様にも、気に入っていただけたらいいなと切に願うところです。

――なんて書き続けていたら、ページがいっぱいになりました。

思い出を振り返っていたら、余計にクロスさんでまた極が書けたらいいなと欲望もむくむくと!? 八島《やじま》とか市原《いちはら》とか音羽《おとわ》サイドとか、目標は佐原《さはら》に負けない攻め様を！　ってことで（笑）。

あ、でも同人誌では番外短編なんかを書いておりますので、よろしければHP等で詳細を見ていただけたら幸いです。年内には読者様アンケートでダントツ一位に輝いた佐原の白無垢花嫁話（佐原いじめとしか思えない）とか書く予定ですので、ぜひぜひ。って、結局今は佐原がお気に入りなのか、私!?（笑）。

それでは、本当に長々とお付き合いいただきましてありがとうございました。またクロスノベルスで、他のどこかでお会いできることを祈りつつ。

http://www.h2.dion.ne.jp/~yuki-h/　日向唯稀《ゆき》♡

CROSS NOVELSをお買い上げいただき
ありがとうございます。
この本を読んだご意見・ご感想をお寄せください。
〒110-8625
東京都台東区東上野2-8-7　笠倉出版社
CROSS NOVELS 編集部
「日向唯稀先生」係／「藤井咲耶先生」係

CROSS NOVELS

極・龍

著者
日向唯稀

2012年9月23日　初版発行　検印廃止

発行者　笠倉嗣仁
発行所　株式会社　笠倉出版社
〒110-8625　東京都台東区東上野2-8-7　笠倉ビル
[営業]ＴＥＬ　03-4355-1110
ＦＡＸ　03-4355-1109
[編集]ＴＥＬ　03-4355-1103
ＦＡＸ　03-5846-3493
http://www.kasakura.co.jp/
振替口座　00130-9-75686
印刷　株式会社　光邦
装丁　團夢見(imagejack)
ISBN　978-4-7730-8627-0
Printed in Japan